白野真澄はしょうがない

奥田亜希子

小学四年生の「白野真澄」は、強い刺激や予想できない出来事が苦手だ。横断歩道も黒いところを踏むと心に影が差すような気がして、いつも白いところだけを渡って歩いている。なるべく静かに日々を過ごしたいと思っているのだが、翔が転校してきてから、その生活は少しずつ変化していき……（表題作）。頼れる助産師、駆け出しイラストレーター、夫に合わせて生きてきた主婦、恋人への不満を紛らわすように浮気をする女子大生。五人の不器用な「白野真澄」たちが抱える五者五様の生きづらさを、曇りのない眼差しでまっすぐに見つめた傑作短編集。

白野真澄はしょうがない

奥田亜希子

創元文芸文庫

SAME NAME UNIQUE LIFE

by

Akiko Okuda

2020

目次

白野真澄はしょうがない

名前をつけてやる

白野真澄《しらのますみ》は、真っ赤な自転車で通勤している。

家から職場までは、それなりにスピードを出しても三十分はかかる。熱心な自転車好きと誤解され、メーカーや種類を問われることがときどきあるが、真澄の愛車はショッピングセンターにて二万三千九百円で購入した、至ってシンプルなものだった。一般的にママチャリと呼ばれている型で、しかし、真澄はシティサイクルと呼ぶことに決めている。ママチャリという単語を口にするのには、いささかの遠慮があった。

前方に見える歩行者用信号が点滅を始めた。スピードを上げたが間に合わない。真澄の真横を、大型トラックが地面を揺らして走り去っていった。片側二車線の、市内でもっとも大きな道路だ。信号の待ち時間が長い。真澄は反射的にスマートフォンを取り出そうとして、慌ててポケットに押し込んだ。ヨシからのメッセージが途絶えて、今日で二週間が経つ。だが、隙《すき》を見つけては彼とやり取りをしていたときの習慣は、まだ完全には抜けていなかった。

信号が変わるのをじっと待った。周囲に日陰はなく、真夏の太陽が真澄の頭頂部を容赦なく照らしている。七月もなかばに差し掛かり、福岡は暑さのピークを迎えようとしていた。顎《あご》の先から汗が滴《したた》る。信号が青に変わる。真澄は日差しから逃れるように、自転車のペダルを強く踏み込んだ。

クリニックに到着した。まずは更衣室で汗を拭《ふ》き、髪の毛をきゅっと結び直す。それから制服に着替えて手を肘まで洗い、アルコール消毒液を手のひらに擦《す》りつけた。ついでに鏡を覗《のぞ》き込む。今日も肌つやがいい。ヨシを失い、それなりに悩んで落ち込んでいるつもりが、一体なぜなのか。うーむ、と真澄は小声で唸《うな》り、更衣室をあとにした。

「おはようございます」

明るく、開放感のあるナースステーションだ。廊下に面した壁は、腰の高さから上がすべてガラス張りになっている。常に清潔、適温で、湿度も快適。慌ただしくなることはあっても、新生児室に隣接している関係で、騒々しくすることは許されない。今は、有線のオルゴールチャンネルが、二十年以上昔にミリオンセラーとなったロックバンドの楽曲をゆったりと流していた。

「あ、白野さん。おはよう」

「今日も自転車?」

中にいた同僚数人が顔を上げた。夜勤と日勤が交代する朝の九時は、ナースステーション内の人口密度が頻繁《ひんぱん》に上下する。今日の真澄のような日勤シフトの先輩が出勤してきたり、夜勤の後輩がナースコールの対応に向かったりと、数秒置きに出入りがあった。

「はい、自転車です」

「えー、大丈夫と？　午後から雨じゃなかったと？」

パソコンを操作していた先輩が、キーボードに指を置いたまま言った。

「予報ば確認したら、夕方には止みそうやったとですよ。もし降っとったら、バスで帰りますけん」

「前みたいに、ゴミ袋ば合羽《かっぱ》にするやら、やめときいね。それが許されるとは、二十代まではい」

先輩を中心に、ささやかな笑いの輪が広がった。ゴミ袋、よかアイディアと思ったとですけどね、と真澄は鼻の頭を掻《か》く。三ヶ月前に勤め始めたばかりの後輩が、本当に被《かぶ》ったとですか、と目を丸くした。朝の申し送りを待つまでもなく、出勤時のナースステーションの様子で、昨晩のおおよその雰囲気は分かる。大きなトラブルがあったときには、空気が棘《とげ》を含んだように尖《とが》っていた。

入院中の妊婦の情報は、なるべく口頭でも共有する方針だ。産院は、人の入れ替わりが激しい。カルテのやり取りだけでは、とても追いつかなかった。挨拶もそこそこに、昨晩十時、ある妊婦が破水により入院したことを師長が告げる。四日前に帝王切開で男児を産んだ、103号室の母親の傷の回復が遅いことや、202号室の母親が発熱し、彼女の赤ん坊が一時的に新生児室に戻ってきていることも、夜勤の同僚によって報告された。

「続いて203号室の大嶋《おおしま》さんですが、こちらの経過は順調です。ただ、赤ちゃんがおっぱいをちゃんと飲めとらんかもしれんと、お母さんが非常に心配ばしています」

後輩の言葉に、先輩の一人が軽く顔をしかめた。

「大嶋さんかあ。赤ちゃんは生まれた直後の体重から、必ず一旦《いったん》少し減るとですよって説明したとですが、どうにも不安みたいで」

「ちょーっと神経質になっとる感じはありますね」

後輩の発言に頷《うなず》きつつ、真澄は大嶋理恵《りえ》の泣き顔を思い出した。一昨日の昼に陣痛が始まり、母親に付き添われてクリニックに来たときから、理恵は泣いていた。痛みはいつまで続くのか、これからもっと痛くなるのか、生まれる直前の痛みは例えるならどのようなものか。怖《こわ》か怖か、と、べそべそ涙を流すその姿は、自分と同じ三十一歳にはとても見えなかった。分娩《ぶんべん》室にて、いきむタイミングを指示しながら、これほど感情がまっすぐ表に出る人もいるのかと、真澄はいっそ羨《うらや》ましくなった。真澄はなにかにつけ、自分がどう思っているのかを把握するのに時間がかかる性質《たち》だった。

申し送りが終わると、助産師外来に備え、三番の診察室に移動した。真澄の担当は、水曜の午前中だ。医師の検診が終わった順に妊婦を呼び、触診や問診を行う。食事やおっぱいのマッサージ法を指導したり、バースプランを確認したり、妊婦の生活全般と心のケアに努めるのが助産師外来の主な目的だ。妊婦の身体や胎児を中心にチェックする医師とはこの点が異なると、昔、助産師学校で教わったことがあった。

「あの、先生。訊きたいことばあるとですけど、よかですか」

問診が終わるなり口を開いたのは、本日三人目の妊婦、茂木小夏《もぎこなつ》だった。現在二十一歳、妊娠六ヶ月。鎖骨《さこつ》まで伸びた髪は明るい茶色だが、根もとは黒い。妊娠が分かってから、カラーリングを控えているのだろう。先生じゃなかですよ、と訂正してから、なんですか、と真澄は尋ねた。

「あの……旦那と、夫婦生活っていうとですか？　夜の営みっていうとですか？　あげなこととって、もうしても大丈夫とですか？」

外見とは裏腹の古風な言い回しに、真澄は思わず頬が緩みそうになった。小夏の羞恥心《しゅうちしん》を煽《あお》ってはいけないと、唇の両端に力を込め、性行為のことですね、と真面目な声で応える。ネットで調べてみたらばりいろいろ意見があって、と早口で言い立てる小夏に、真澄はキャビネットから一枚のプリントを差し出した。

「出血や張りがなかとなら、行為自体は問題なかですよ。ですけど、お腹に負担のかからん体位で、あまり激しくせんこと。これが大事です。ここに書かれていることを参考にしてください」

「はい」

プリントを受け取り、小夏は神妙に頷いた。このクリニックには三人の産婦人科医が勤めているが、いずれも男性だ。やはり彼らには訊きづらいことなのかもしれない。真澄が性行為について問われるのは、初めてではなかった。

「それと、プリントにも書いてありますが、コンドームは必ず着けてくださいね。感染症を予防するためですから」

「あのう」

小夏が俯《うつむ》いた。サンダル履《ば》きのつま先が、床を細かくつついている。真澄は柔らかい声音《こわね》を心がけ、先を促した。背が高く、骨張った体型の真澄は、相手に固い印象を与えがちだ。一重瞼《ひとえまぶた》のあっさりした顔立ちも、気を抜くと不機嫌そうに見えるらしい。

小夏は勢いよく顔を上げ、

「口でしたときに……最後にごっくんするとは大丈夫ですか?」

なにを? と目的語を問おうとした瞬間、真澄は質問の意味を悟《さと》った。顔に熱が集中する。目の裏がちかちかして、耳の穴から蒸気が噴き出しそうだ。口でする……ごっくん。赤ちゃんに影響はなかですけどっ、と答える声がかすかに上擦《うわず》った。咳払いで誤魔化し、

「それよりも、口ですることによって感染する病気もありますけんね。控えたほうがよかとしか、私からは言えんとです」

「そうとですね。分かりました」

真澄の動揺には気づかなかったようだ。小夏は笑顔で礼を述べ、椅子《いす》から立ち上がった。一礼して診察室を去る後ろ姿に、お大事に、と声をかける。扉が閉まったのを確認して、ふあああ、とデスクに突っ伏した。今までに出会った妊婦、出産後の母親、誰一人として、頼れる助産師の白野さんを処女だとは思っていないだろう。この職に就《つ》いて五年、産気づいた何百人もの妊婦の子宮口を確かめ、出産後の会陰《えいん》の傷をチェックし、ときには性生活の指導もしてきた。だが真澄は、まだセックスを経験したことがなかった。

中学時代の渾名《あだな》が頭を過《よ》ぎった。ごく短い期間、ピュアと周囲から呼ばれていた。白野真澄という名前から連想したものらしい。友人に真澄ちゃん以外の呼び名をつけられたのは、あのときだけだ。真澄自身は気に入っていたが、なぜか定着しなかった。

「ピュアかあ」

ボールペンの頭で頬をつつく。あの渾名は、ひょっとすると予言だったのかもしれない。そんなことを思う。自分が三十歳を超えても処女であることの、もしかしたら生涯純潔でありつづけることの、予言——。


正午過ぎから降り始めた雨は、予報通りに四時前には止んだ。空気中の埃《ほこり》と草木が、気道を塞《ふさ》ぐように匂い立っている。真澄はなるべく無心にペダルを漕《こ》いだ。二週間前までは、仕事終わりにヨシにメッセージを送るのが日課だった。パソコン機器メーカーに営業職として勤めているというヨシは、比較的自由の利く身だったらしく、返事は大抵、五分以内に送られてきた。ちょうど外にいたからと電話がかかってくることもあり、帰り道には幸福な思い出が散らばっていた。

角を曲がり、住宅街に入る。自宅の数十メートル手前まで来たとき、道の向こうからやって来る女の姿が目に留まった。背が高く、顔の小ささと脚の長さが常識離れしている。彼女は花柄のワンピースにキャップを被り、サングラスをかけていた。顔は判別できなかったが、疑う余地なく佳織《かおり》だった。

「かおちゃーん」

佳織はサングラスを外し、腕を大きく振った。

「すみちゃーん」

真澄は自転車をかっ飛ばし、そのまま自宅の前を通り過ぎた。佳織の真横でブレーキをかけ、急停止する。賢作《けんさく》さんは？ と尋ねながら、足で地面を蹴り、車体の向きを変えた。

当分家に戻れないっていうから、帰ってきちゃった。言うなり佳織は自転車のカゴにボストンバッグを突っ込み、揚々《ようよう》と荷台に跨《また》がった。

「すみちゃん、相変わらずママチャリで通勤してるんだね。遠いのに」

真澄の腰に佳織の手が回される。香水か柔軟剤か、品のある香りが鼻をついた。家までの十数メートルを真澄は二人乗りで戻ろうとしたが、いくら細身の佳織でも、大の大人を乗せてペダルを漕ぎ出すのは難しかった。早々に諦《あきら》め、サドルに腰を下ろしたまま、足の裏でぺたぺたと進んでいく。

「遠くはなかよ。それ、片道三十分くらいやなかかな」

「充分遠いよ。それ、ママチャリで通う距離じゃないから」

「あのね、かおちゃん。これは、シティサイクルよ。ママチャリじゃなかとよ」

「えーっ、それってどう違うの？」

「名前。名前が違うと」

「名前だけ？　だったら、ママチャリでもいいじゃない」

「いかん。名前が大事と」

ママでないどころか、男性経験すらない自分の愛車をママチャリとは呼べない、と真澄は思う。ふうん、と相槌《あいづち》を打った佳織は軽快な仕草で自転車から降りると、今度は荷台のフレームを摑んだ。行くよー、と唐突に後ろから押され、真澄はバランスを崩しそうになる。毎日乗るんだったら、もっといい自転車を買えばいいのに、と佳織がからかうように言った。

「自転車やら乗って移動できればよかけん、わざわざ高いとを買うげなもったいなかよ」

「すみちゃんは本当にお金を使わないよね。そんなに貯金してどうするの？」

「貯めてるつもりはなかけど、お金の使い方が分からんとよ」

「なにそれ。いいなって思ったものを片っ端から買っていけば、お金なんてすぐになくなるよ。すみちゃんは本当に面白いね。そういうところ、大好き」

佳織は楽しそうに笑った。

家の前に着いた二人は車の後ろに自転車を停め、ただいまー、と玄関の戸を開けた。かおちゃん、帰ってきたとよー、と真澄が声を張り上げると、え、かおちゃん？　と、父親と母親が奥から飛び出してきた。

「えへへ、ただいま」

「どうしたとな、急に。賢作くんは？」

「おまえ、駅からバスで来たとや？　連絡くれれば、迎えに行ったとに」

「いやあ、急だったから。今日の昼に、しばらくスタジオに泊まることになったって賢作に言われて。飛行機のチケットがとれるかどうか分からなかったから、連絡しなかったの。驚かせてごめんね」

佳織の夫、櫛木《くしき》賢作は、東京にオフィスを構えるテレビ番組の制作会社に勤めている。急な出張も多く、一ヶ月の半分は家に帰れないらしい。賢作の不在と自身のスケジュールの空白が重なると、佳織はたびたび帰省した。だが、事前連絡なしに現れたのは、今回が初めてだった。

夕食は、母親があらかじめ支度をしていたナスとインゲンの煮浸《にびた》しと、叩きキュウリの梅味噌和《うめみそあ》え、カツオの刺身に加え、佳織の好きな鉄板焼きが急遽《きゅうきょ》行われることになった。父親が肉を買いに走り、母親は野菜を切って、真澄と佳織でホットプレートの準備をする。二十年もののホットプレートは四隅までテフロンが剝《は》げ、たっぷり油を塗らないと食材が焦《こ》げつくのだった。

夕食が始まった。肉からもくもくと立ち上る煙は、台所の換気扇を目がけて流れていく。佳織は何度も箸《はし》を置き、これはね、とスマートフォンで写真を見せながら、撮影時のエピソードや、最近オープンしたという東京の新スポットについて語った。佳織はモデルだ。十年以上のキャリアの中で、名前が大きく出たことは一度しかないが、いろんな媒体にこまごまと登場していた。

「ねえ、かおちゃん。この中に、すみちゃんに紹介ばできる男の人はおらんと?」

先月末に催されたという、男性モデルの誕生日パーティの写真を見つめ、母親がやにわに尋ねた。スマートフォンの狭い画面には、約二十人の男女が写っている。お母さん、と真澄は慌てて制止した。ほら、訊くだけ訊いてみらんと、と口を尖らせる母親の顔は赤く、いつの間にか酔いが回っていたようだ。両親は、普段は真澄の結婚についてなにも言わない。だが、内心ではかなり焦《じ》れていることを、こういうときに痛感させられた。

「かおちゃんのことを困らせんで。こん人たちと私では、全然釣り合わんて」

「そげんことなか。すみちゃんはええ子たい」

と母が言えば、父親も、

「ああ、すみちゃんはよか子ばい」

と頷く。もうっ、二人とも飲み過ぎとる、と、真澄がビールの入ったグラスを取り上げると同時に、

「すみちゃんがいい子だってことは、私も分かってるよ。だから紹介できる相手がいないんだよ。みんな、すみちゃんより汚れてるもん。私、すみちゃんには誰よりも幸せになってほしい」

佳織がきっぱりした口調で言った。

その晩、真澄は佳織と風呂に入った。佳織が東京の大学に進学するまで、二人はしょっちゅう共に入浴していた。顔立ちや趣味は正反対でも、一緒に過ごす時間はどんな兄弟姉妹よりも長かった。小学生のころ、佳織は休み時間になると真澄のクラスにやって来た。妹に甘すぎると友だちから呆れられることもあったが、美しい佳織は真澄の誇りでもあり、かおちゃんも仲間に入れてあげてくれんね、と、よく頼んでいた。

「すみちゃんは、仕事はどうなの?」

「夏はお産が多かけん、今はちょっと忙しかね」

「でも、命の誕生を手助けするなんて、素晴らしい仕事だよね。だって、すみちゃんが取

り上げた赤ちゃんが、この世界には何人もいるってことでしょう? 本当にすごいよ」

「かおちゃん、いつもそげん言うとね」

浴槽の縁に顎を乗せ、自分と一歳しか違わない肉体が洗われていくのを眺める。飛び抜けた容姿を持って生まれた佳織は、小学生のときにはすでに恋人がいた。初体験は中学二年生のとき。相手は高校生だ。佳織は真澄に惚気話《のろけ》をするのが好きだった。彼女の四人目の恋人が、セックス中にやたらと可愛いねと囁《ささや》く性癖の持ち主だったことも、真澄は知っている。賢作に夕暮れの海辺でプロポーズされたことも、もちろん聞いていた。

一方の真澄は、長らく恋愛ごとに興味がなかった。教師の口癖を大袈裟《おおげさ》に真似たり、ファミレスのドリンクバーで無茶苦茶に飲みものを混ぜたり、同性の友だちといるだけで充分楽しかった。だからこそ、外国のニュースを聞くような気持ちで、佳織の話に相槌が打てたのだろう。女子高から看護学校に進み、二年ほど看護師として働いたのち、さらなる専門性を身に着けようと助産師学校に入学した。その結果の、処女歴イコール年齢だ。のんびり屋と言われて育った真澄も、三十回目の誕生日を迎えたあたりから徐々に焦り始めていた。

そんな最中のヨシとの出会いだった。佳織に彼のことを話したら、どんなふうに言うだろう。ちゃんと説明しないで一方的に連絡を絶つなんてひどい、と怒るか、彼なりの誠意かもしれないね、と真澄を諭《さと》すか。だが、ヨシとの関係をどう説明すればいいのか分からない。恋人？　私たちは付き合っていた？　本当に？

「すみちゃん？　聞いてる？」

身体の泡を洗い流し、佳織が振り返る。最近の若いモデルについて、彼女が不満を垂れているのは耳に入っていたが、詳しい内容は頭を通り過ぎていた。ぼうっとしとった、と正直に答えると、ひどーい、と佳織は鼻のつけ根に皺《しわ》を寄せた。その顔に、この子ももう三十なのだと真澄は思った。

ヨシとは今年の冬、オンラインゲームで知り合った。写実的な画像で構成されたファンタジーの世界を冒険できるそのゲームは、モンスター討伐《とうばつ》を主とした数々のミッションをこなさなければ、ストーリーが展開しない。一人で進めることも可能だが、そのプレイスタイルでは時間がかかる。自分よりレベルの高いプレイヤーとパーティを組み、なるべく強力なモンスターを倒して、一気に経験値を稼ぐこと。それが、序盤のセオリーとされていた。

真澄は昔からゲームが趣味だった。ゲーマーを自負するほどではないが、名作と呼ばれるタイトルには一通り触れている。しかし、これまでにオンラインゲームをプレイしたことはなく、好きなシナリオライターが制作陣に名を連ねていたことで、今回初めて興味を持った。せっかくだから見ず知らずの人と旅に出ようと、始めた直後は何度かパーティも結成した。だが、真澄のキャラクター、マスミが出会うのは、なぜか高慢《こうまん》で短気なプレイヤーばかりで、〈ド下手〉〈足手まとい〉〈お荷物〉などと言われるうちに、自然と一人で遊ぶようになっていた。

その日もマスミは一人で巨大なドラゴンに立ち向かっていた。こいつを倒せばミッションクリア。ストーリーが進み、多額の報酬を得られる。しかし、あと一歩というところでドラゴンの吐いた炎が当たり、大ダメージを喰《く》らった。もうだめだ。真澄がゲームオーバーを覚悟した瞬間だった。近くを通りかかったプレイヤーが、マスミに回復魔法をかけた。みるみるうちに満たされていくライフゲージ。〈ありがとうございます〉と真澄が吹き出しに表示させると、その男性キャラクターは、〈よかったら手伝いましょうか〉と柔らかい物腰で申し出た。その人物こそが、ヨシだった。

ヨシのレベルはマスミの何倍も高かった。高価なアイテムや、少し前まで自分が装備していたという武具まで分けてくれ、真澄はこの世界で、ようやく温かい手に触れたような気持ちになった。幾度となく真剣に礼を言うマスミがおかしかったらしく、ヨシからIDの交換に誘われた。IDを知っていれば、チャットと呼ばれる機能を使っていつでも会話ができる。相手がログイン状態にあるかどうかも簡単に確認できた。

週に三、四日は、ファンタジーの世界でヨシと喋った。当初はもっぱらゲームの話題が中心だったのが、桜が散るころから、互いに少しずつプライベートを明かすようになった。

ヨシは三十八歳で、東京都在住。真澄も自分が福岡に住む三十一歳の助産師であることを伝えた。〈大変なお仕事ですね〉とヨシは言った。〈元気に生まれてくる赤ちゃんばかりではないでしょう〉と。自分の仕事のもっとも苦しい領域を突然に照らされ、真澄は驚きのあまり目を瞬《またた》かせた。助産師は、妊娠や出産に携わる、感動に溢《あふ》れた職と思われがちだ。だが現実は、喜びに浸れる出来事ばかりではない。真澄が去年取り上げた赤ん坊の中には、生まれた直後に重篤《じゅうとく》な障害が判明した子もいた。

「だって、それは……違うよね」

壁越しに佳織の低い声が聞こえてくる。賢作と電話しているのだろうか。風呂を出ると、佳織は早々に二階の元自室に引っ込んだ。真澄はベッドにうつ伏せ、スマートフォンを操作した。サムネイルをタップし、淡くピンぼけした男の画像を開く。日に一度は、どうしてもこの写真を見てしまう。やや面長《おもなが》で、目つきは優しい。よく日に焼けているのは、営業職で外回りをしているからか。

「ヨシくん」

小声で呼んでみる。もちろん反応はない。

五月に入って間もなく、ヨシから交際を申し込まれた。別のプレイヤーに仲の良さを怪しまれ、二人はカップルかと訊かれた直後のことだった。〈僕たち、本当に付き合っちゃいましょうか〉と真澄にしか読めない機能を使ってヨシは言った。ぼひゃあっ、と真澄はパソコンの前で珍妙な声を上げた。ヨシはさらに、〈マスミさんの飾らない人柄が好きです〉と続けた。真澄は震える指先で、〈よろしくお願いします〉と打ち込んだ。いつの間にか、ストーリーを進めることよりも、ヨシとのチャットが日々の楽しみになっていた。断るという選択肢は、まったく思い浮かばなかった。

画像を閉じ、今度はメッセンジャーのアプリを起《た》ち上げた。この二週間は、ヨシからメッセージが届かないどころか、こちらが送った文章に既読の印もつかない。かつてのヨシとのやり取りを、ひたすら読み返していく。毎朝交わされていたおはようの挨拶と、仕事帰りのお疲れさまに、写真を交換した日のこと。なんてラブラブな二人だろうと真澄は思う。事実、心は満たされていた。ヨシのことを考え、自分には恋人がいると思うだけで、毎日は雨上がりの道路のようにきらめいた。

美味《おい》しいケーキを食べたときに、その写真を送ったこと。眠れない夜に幼いころの思い出を打ち明け合ったこと。甘やかな思い出が次々に表示される。〈こっちはこんなにいい天気だよ〉と、ヨシが空の写真を送ってきたこともあった。

マスミ：天気が全然違う～。やっぱり、福岡と東京は離れてるんですね
ヨシ：でも、僕の心はいつもマスミちゃんのそばにいるから、なんてね（笑）
マスミ：それが本当だったら嬉しいな

ヨシ：本当だよ。今も隣にいるよ。分からない？
マスミ：そういえば、そんな感じがするかも（笑）
ヨシ：じゃあ、目を閉じて……ちゅっ
マスミ：ちゅっ

これが真澄のファーストキスだ。相手の唇の感触も温度も分からない。それでも、目眩《めまい》がするほど幸せだった。文字の上でのキスだとしても、覚えたときめきや交わした愛情は本物だと感じた。〈そのうち本当にしようね〉とヨシは言った。真澄はクッションを抱きしめ、わきゃー、とベッドに飛び込んだ。じっとしていると身体が弾け飛びそうだった。

あの日々は、もう戻らない。

若者向けの歌のようなことを思い、スマートフォンを離す。シーツに頰を押し当て、目をつむった。だからそれは賢作が……んなこと言わないでよ。帰省中であっても、佳織はきれいな標準語を話す。世界の果てのように感じていた東京を、急に近くに感じた。カレンダー通りに働いているヨシと、完全シフト制の真澄では休みが合わず、二人の初デートの日取りはなかなか決まらなかった。真澄とヨシは擬音語でのキスを積み重ねた。〈舌を入れてもいい？〉のヨシの一言で、五月の終わりには深いキスを交わし、六月のなかばには、ついにヨシの透明な手が真澄の胸に触れた。

この先に肉体の交わりがあるものだと思っていた。初めて顔を合わせる日に、自分はヨシとセックスをする。彼と結ばれ、処女でなくなる。先行していた心に身体が追いつけば、人に恋愛話ができるようになるはずだ。それに、妊婦を診察するたび、この人には経験があるんだ、と考えずに済む。

なんの疑いもなく、真澄はそう信じていた。

真夜中の廊下は、濃密な命の気配に満ちている。空腹を訴える新生児の泣き声はふにゃふにゃと頼りなく、母乳やミルクを与える母親も、周囲を気遣ってか、ごく静かに身体を動かしている。それでも、暗さで神経が研ぎ澄まされるぶん、見舞客でにぎわう昼間よりもずっと、生《せい》の匂いを強く感じた。

真澄は203号室の前で足を止めた。ドアの隙間から光が漏れ、リノリウムの廊下に細い線を描いている。ノックしてドアを開けると、赤ん坊を両腕に抱いていた大嶋理恵が、救いを求めるように顔を上げた。

「どうされたとですか?」

「すみません、こん子がどうしてもおっぱいを飲んでくれんとですよ」

「吸ってくれない?」

「乳首ば吐き出してしまって」

理恵の髪は山姥《やまんば》のようにぼさぼさで、パジャマも乱れていた。目の下には隈《くま》が貼りつき、顔は土気色《つちけ》だ。初産《ういざん》を経験した母親は、三、四日が経過したあたりから、疲労の色合いを急激に濃くする。体力は完全には回復していない。しかし、興奮で乗り切れる無敵タイムは終わった。退院を間近に控え、本当に自分は育児ができるのかと、不安を覚え始めるころでもあった。

「分かりました。ちょっとマッサージばしてみましょうか」

理恵から赤ん坊を受け取り、近くのベビーベッドに戻した。生まれたてとは思えないほど髪が多く、眉毛の凜々《りり》しい女の子だ。マットレスに置いた途端、薄く開いていた目がゆっくり閉じていく。この子を直接介助者として取り上げたのは、真澄だった。生まれた直後の皺だらけで赤らんだ顔とは、早くも雰囲気が違っている。顔に傷できちゃいましたね、あとで爪ば切ってあげましょう、と真澄が言うと、あ、爪、と理恵は虚《うつ》ろな目で頷いた。

剝《む》き出しの胸を横から強く押し、乳腺《にゅうせん》を刺激する。理恵が痛そうに顔をしかめる。セックスの最中にはきっと違う反応を見せるのだろうと、つい下世話な想像をした。産院に勤めていると、出会うのは非処女ばかりだ。真澄は理恵の乳輪を摘《つ》まむように押した。白濁《はくだく》した液体が乳首より染み出る。理恵は母乳の出に恵まれているほうではない。クリニック側は夜だけでも粉ミルクの併用を勧めていたが、本人が完全母乳育児を希望していた。

「じゃあ、もう一回あげてみましょうか」

「はい」

おっぱいだよ、と声をかけ、理恵が赤ん坊を抱き上げる。紙のように薄い瞼が開き、真っ黒な目がふたたび現れた。生後一、二ヶ月までの赤ん坊は、視覚が未発達だ。茫漠《ぼうばく》としながら、それでいてすべてを悟っているような眼差《まなざ》しは、この時期特有のものだった。おっぱい飲もうね、と、理恵は黒ずんだ乳首を小さな唇に押し当てた。赤ん坊がそれを含んだように見えたのも束の間、乳首はすぐに口の端からこぼれた。

「こん子、吸うのが下手とです」

理恵の声は湿っていた。

「全然ちゃんと飲めんとですよ」

「そういう子は多かですよ。お母さんのお腹から出てきて、まだ三日しか経ってなかじゃないですか。慣れてなかとです」

理恵の腕の中で、赤ん坊はぼんやりしている。泣いておっぱいを求める様子はない。真澄はベビーベッドの脇のクリップボードを手に取った。入院中の母親には、授乳やオムツ替えをした時刻を逐一《ちくいち》記入してもらっている。理恵の赤ん坊の場合はかなりの頻回《ひんかい》授乳で、排便や排尿の問題も見当たらなかった。体重の推移も順調だ。取り急ぎ心配する理由はないと思われた。

「おっぱいよりも寝たかかな」

「でも、前回の授乳が十二時やったけん、今、あげんと」

「赤ちゃんが飲まんもんは、しょうがなかですよ。もう少しあとにあげてみましょう。やけど、五時間以上空《あ》くのはちょっと心配やけん、次は遅くとも四時半かな」

赤ん坊を再度ベッドに戻し、腹部にタオルケットをかけた。さあ、大嶋さんも休みましょう、と、次には大人用のベッドを叩く。今、この人に必要なのは休息だ。休むのもお母さんの仕事ですよ、と真澄が強く促すと、理恵はもったりとした仕草でパジャマのボタンを留め、白いシーツに身体を横たえた。

だが、真澄が安堵《あんど》する間もなく、

「あ、目覚まし。四時半にアラームをかけんと」

背中を浮かせ、理恵はサイドテーブルに手を伸ばした。スマートフォンを取りたいようだ。真澄は優しくその手を止め、

「大丈夫。お腹が空いたら、赤ちゃんが起こしてくれるけん」

「でも、こん子が泣かんかったら——」

「私、四時半ごろに一度様子を見に来るけん。もし二人とも寝とったら、私が責任を持って起こしますから」

「ありがとうございます」

理恵は枕にようやく頭を預けた。真澄は理恵にも布団をかけてやった。スマートフォン

の下に敷かれていた本が目に留まる。淡い水色の表紙には、『なまえじてん～子どもの幸せな未来のために～』と、丸みを帯びたフォントで書かれていた。

「お子さんの名前ば考えとるとですか？」

何気なく尋ねたつもりが、理恵の表情に影が差した。みるみるうちに、目の表面が濡れていく。

「そうとです。九割がた男の子やろうって言われとったけん、私、男の子の名前しか考えとらんかった。どうしよう」

「まだ時間はありますから」

出生届の提出期限は、赤ん坊が生まれた日を含めて十四日間だ。親が前々から考えていたり、顔を見た瞬間に閃《ひらめ》いたりと、誕生直後から名前で呼ばれる赤ん坊がいる一方で、退院までに決まらない子も多い。産院には、名前のない人間が当たり前にいる。助産師として働き始めたころ、真澄はそのことにささやかな衝撃を受けた。出生届が受理されたら最後、人は名前を捨てられない。改名することはできても、無名の存在には二度と戻れない。

「旦那さんはどげん名前がよかって仰《おっしゃ》ってるとですか？」

「うちの旦那はこだわりがなか人とですよ。誰でも読めて書ける名前ならなんでもよかって言ってます。私一人があれこれ迷っとって……。女の子の名前も考えとったらよかった。私がしっかりしとらんかったけん、こん子に申し訳なか」

理恵は目の縁から涙を一粒こぼした。水滴は目尻を伝ってこめかみに流れ、やがて髪の毛に紛れて見えなくなる。ひくっと理恵の喉が震えた。真澄は洗面台にあったタオルを手渡した。

「そんなことなかですよ。私も自分の子どもに名前をつけるときが来たら、きっとばり悩みます」

それは一体いつなのか。自虐的な疑問は奥歯で嚙み殺した。理恵はタオルを顔に押し当てて泣いた。真澄は彼女の肩を優しくさすった。

「怖かとです、考えれば考えるほど、どげん名前もしっくりこんと。変な渾名をつけられるかもしれんし、気に入ってもらえんかもしれん。そげん思うと――」

「完璧な名前げな、たぶんこの世になかですよ。名前をつける側にできるのは、これでいくと覚悟を決めることくらいじゃなかとですか? でも、その覚悟こそが、愛情なんですよ」

タオルで顔面を覆ったまま、理恵は深く頷いた。ちゃんと休んでくださいね、と念を押し、真澄は203号室をあとにした。非常口のライトが廊下の突き当たりで静かに光り、会計カウンターに設置されたピンク色の小箱を照らしている。心身に障害を持つ子どもたちを支援しようと、とある公益財団法人が運用している献金箱だ。昼間は内装に馴染《なじ》んでいるが、真夜中に見ると、不思議な存在感を覚える。今までに自分が取り上げてきた、何百人もの赤ん坊たち。元気に生まれてくる赤ちゃんばかりではないでしょう。ヨシの発言が、ふとよみがえった。

ヨシの本名は、なんだったのだろう。

ヨシくん、と呼ぶのが好きだった。自分が本名を登録していたため、相手のそれを分かった気になっていた、というのもある。彼の名前を知らないことに気づいたときには、交際を始めて一ヶ月が経っていた。ここまできたら、直接会ったときに尋ねるのもロマンチックでいいかもしれない。そう考えたことが裏目に出た。知りたかった、と、砂漠で水を求めるように思う。これまでに何千回、何万回と彼が呼ばれ、テストの問題用紙や書類などに書きつけてきた名前だ。知りたかった。出身地や職業の何億倍も知りたかった。ヨシキだろうか。あるいはヨシハル？　フミヨシやノリヨシなど、名前の下二文字を使った可能性もある。もしかしたら、吉田《よしだ》や三好《みよし》のような苗字かもしれない。それとも、本名とは一切関係がなかった？

深く息を吐き、ナースステーションのドアに手をかける。どれだけ考えても、正解を導き出すことはできない。正誤を判定してくれる人は、もういないのだ。

夜勤の翌日は休みになるよう、シフトは組まれている。朝の十時過ぎに帰宅した真澄は、シャワーも浴びずに午後一時過ぎまで眠り、それから昼食を摂《と》ろうと一階に下りた。あ、すみちゃん。リビングのソファにだらしなく身体を預けていた佳織が振り返る。テレビは芸能ニュースを流していた。昔からドラマにもバラエティ番組にも興味がない真澄に対して、佳織はテレビを点《つ》けっぱなしにするのが好きだ。自身が芸能界に足を踏み入れてからも、その習慣は変わらないらしい。

「おはよう。お母さんは？」

「友だちとランチ」

「また大隅《おおすみ》さんかな。大隅さん、先月退職したらしくて、最近よく一緒に出かけよるとよ」

キッチンに入り、真澄は冷蔵庫からオレンジジュースの紙パックを出した。グラスに注ぎ、一息に飲み干す。疲労に任せ、自室のエアコンを点けないまま眠ってしまったため、全身に大量の汗を掻いていた。下着が肌に貼りついている。エアコンの送風口の下に移動し、タンクトップの襟もとを広げた。

「あー、生き返るー」

「ねえ、すみちゃん。このあとはなにか予定が入ってるの？」

「ううん。暇だよ」

「本当？　じゃあ、出かけようよ」

佳織の目が期待に光った。

「よかけど、どこに？」

「どこでもいいよ。家にいるのに飽きちゃった」

佳織は両手を組んで大きく伸びをした。貝殻模様のゆったりとしたワンピースの袖口から、滑《なめ》らかに窪《くぼ》んだ脇がのぞく。さすがはモデルだ。胡麻《ごま》を散らしたような、毛を適当に処理している自分のそれとは明らかに違う。かおちゃんの脇はきれいとね、と感心すると、どこ見てるの、と、佳織は笑って腕を下ろした。

「かおちゃんは、お昼ご飯食べたとね？」

「ううん、まだ」

「やったらカフェに行こうか。井出《いで》電気の向かいに、五月やったかな、新しくオープンしたとよ。東京のカフェで働いとった人が、こっちに帰ってきて始めたと。パンケーキの上に生クリームやフルーツが山盛りになっとって、ばり美味しいらしかよ。職場の後輩が言っとった」

「へえ。パンケーキの流行が、ついにここまでやって来ましたか」

佳織は目を細め、顎を突き出し気味に頷いた。あ、そうか、と真澄も頷いた。

「パンケーキ屋げな、かおちゃんには珍しくもなんともなかとよね。違うお店にするね？ほかにどこがあったかな」

近場には大型ショッピングセンターもあるが、佳織が見て楽しいものはひとつもないだろう。かと言って、天神《てんじん》まで出るには時間が足らない。往復で二時間以上かかるのだ。エアコンの風を浴びつつ、真澄は頭を巡らせる。テレビは某女優の不倫騒動を扱っていた。独身の彼女が既婚のミュージシャンと手を繋《つな》いで歩いていたというスクープが、おどろおどろしく報じられている。コメンテーターの弁護士が、一般的な不倫問題について説明を始めた。慰謝料の相場は、百万から三百万ほど。だが、今後も夫婦関係が継続される場合は、数十万円程度に留まることもあるらしい。

「私だったら三百万円もらっても許せないな」

佳織の冷淡な声で我に返った。いつの間にかテレビに見入っていたようだ。不倫なんて最低、人の家庭を壊すんだよ？　と、佳織はしかめっ面《つら》で言い募る。そうやね、と真澄は相槌を打った。自分の声が作りもののようだ。結局、テレビ画面がＣＭに切り替わるまで、佳織の眉間《みけん》の皺はほどけなかった。

「そうだ、かおちゃん。映画はどうね？　なにか観たいのなか？」

気を取り直して真澄は尋ねた。佳織は小首を傾《かし》げ、

「映画こそ、東京でも同じものが観られるからなあ。そのパンケーキ屋でいいよ」

「分かった。じゃあ、準備してくるけん」

真澄はシャワーを浴び、身支度を調えた。ボーダー柄のＴシャツを着て、八年前にセールで購入したジーンズを穿《は》く。軽く化粧もしたが、それでも佳織の準備が終わるほうが遅かった。スマートフォンで店の定休日や営業時間を確認し、テレビとエアコンの電源を切

ってもまだ来ない。かおちゃーん、と二階に呼びかけ、ようやく下りてきた。

「ごめんね、なかなか服が決まらなくて」

「だって、ルームウェアでは出かけられないでしょう」

「えっ、あれ、外に着ていく服じゃなかったとね？」

真澄の素《す》っ頓狂《とんきょう》な叫びに、すみちゃんって本当に面白いね、と佳織は口に手を当て笑った。ひまわりの花弁のような真っ黄色のワイドパンツが、佳織の小麦色の肌に映《は》えている。トップスは紺と白のストライプ柄ブラウスで、全体的にコントラストが強い。顔にも化粧が施《ほどこ》され、パーツのひとつひとつが力を帯びていた。

「かおちゃんは本当にきれいか」

「ちゃんと東京の人っぽい？」

「うん、そげん見えるよ」

「よしっ、じゃあ行こう」

二人は家を出た。サンシェードを設置していたにもかかわらず、車内はサウナ室のように暑かった。エンジンをかける。エアコンが勢いよく熱風を吐き出す。通勤には使わないが、飲み会に参加する両親を送迎したり、隣町のレンタルビデオ店に出かけたりと、車を運転する機会は多い。それが、田舎で暮らすということなのかもしれなかった。茹《ゆ》でたてのじゃがいもの皮を剝くときのように、手のひらでハンドルの温度を確かめる。しっかり握れるようになってのち、アクセルペダルを踏み込んだ。

真澄の住む街は、中心部こそ住宅や商店でにぎわっているものの、郊外に出るとたちまち田園風景に囲まれる。視界が緑色に染まり始めたころ、エアコンの風も冷たくなってきた。外を眺めていた佳織が、

「変わらないね」

と呟いた。

「ん？　なんが？」

「この街。ショッピングセンターができても、パンケーキ屋がオープンしても、時間の流れ方や匂いは変わらないね」

稲の葉が風になびき、小波《さざなみ》を作り出している。端麗《たんれい》すぎる外見が、この田舎の景色に馴染まなかったのだろう。佳織は地元に愛着を持てないまま、十八歳で上京した。同性の友人にどうしても恵まれなかったようだ。小中高校を通して男に媚《こ》びていると言われ続け、散々辛い目に遭わされてきたらしい。女は裏でなにを考えているか分からない、なんでも話せるのはすみちゃんだけだと、今でもこぼしている。

「すみちゃんはずっとこの街で生きていくんだよね？」

「うーん、たぶんそうやろうね」

「友だちもいっぱいいるし、ここを出て行きたいと思ったこと、ないでしょう?」

「なくはなか」

「本当に?」

「うん。でも、今はそげん気持ちはなかかな」

つい半月前まで、自分も東京で暮らすかもしれないと思っていたとは、まさか言えない。ヨシとの結婚を本気で夢想していた。ちょっと見てみるだけだと自分に言い訳しつつ、東京都内の産院の求人情報を確認したことも、一度や二度ではなかった。産休や育児休暇の制度が整っているかどうかのチェックも欠かさず、提示されている給料の額に驚嘆したり、家賃の高さに悲鳴を上げたり、真剣だった。

「ねえ、すみちゃん、さっきのところを右じゃないの? 井出電気の向かいだよね?」

佳織がヘッドレストに手をかけ、後方を振り返って指摘する。

「あー、しまった」

真澄も過ちに気づいたが、後続車がいる。急ブレーキはかけられない。動揺が足に伝わったのか、車間距離が微妙に狭くなる。慌ててアクセルを踏んだ。かすかな加速の感覚が身体を包んだ。

沐浴《もくよく》指導を終えてナースステーションに戻ると、理恵が同僚たちに挨拶しているところだった。理恵の右横には母親が、左横には夫が、それぞれ荷物を抱えて立っている。白野さん、と、真澄を見つけた後輩が颯爽《さっそう》と手を上げた。理恵がこちらを振り返る。彼女は両の腕で赤ん坊をしっかと抱いていた。

「退院ですね」

真澄の言葉に、理恵は笑顔で大きく頷いた。

「このたびは大変お世話になりました。よかったとです、白野さんにお目にかかれて」

理恵が頭を下げると、どうもお世話になりました、と、傍らの二人も会釈《えしゃく》した。入院中の妊婦や母親は、朝から晩までパジャマで過ごす人がほとんどだ。白いブラウスに青のロングスカート姿の理恵は、別人のように生き生きとしていた。相変わらず下瞼に隈は貼りついていたが、髪にもきれいに櫛が入っている。

「こん子を取り上げてくれた助産師はどなたですか、と大嶋さんに訊かれたけん、白野さんの名前を答えたところだったとです」

理恵の腕の中に視線を落とし、後輩が目を細める。赤ん坊の瞼は大きく開き、服はクリニックが貸し出す無個性な白い肌着から、ピンクのウサギ柄に替わっていた。すみません、白野さんだったとは全然気がつかんやった、と理恵は軽く首をすくめた。

「介助時は私もマスクとゴーグルを着けとるし、妊婦さんは自分のことで頭がいっぱいやけん。助産師の名前や顔げな覚えていられんですよ」

「私、泣き言ばかり言っとったとに、根気強く励ましてくださって嬉しかったとです。本当にありがとうございました」

「とんでもない」

真澄も頭を下げ、

「改めまして、ご出産おめでとうございました。なにか困ったり迷ったりしたことがあったら、いつでも相談してくださいね」

理恵は力強く頷いた。一昨日、真澄が夜中に呼ばれたときを境に、若干の落ち着きを得たようだ。あのあと、赤ん坊は四時半を待たずに理恵を起こし、今までにない迫力で乳房に食いついたらしい。子どもの生命力を信じられないと、育児の辛さは増すばかりだ。そこに理恵が気づけたならよかった、と真澄は思う。

理恵が赤ん坊に顔を寄せ、すみちゃん、みんなにバイバイだよ、と囁く。すみちゃん？　思わず真澄は繰り返した。名前が決まったとですよ、と理恵は照れたように微笑《ほほえ》んだ。

「すみれにしました。平仮名で、すみれです」

「なるほど。それで、すみちゃんとですね」

「はい。すみれは春の花なので、季節外れかな、とも思ったとですけど。小さな幸せっていう花言葉が好きで」

「素敵じゃなかですか」

「ありがとうございます。白野さんの仰るとおりでした。名前をつけるって、覚悟ですし、なにより愛情ですね。赤ちゃんじゃなくて、すみちゃんって呼べるようになったとが、今は本当に嬉しか」

晴れ晴れとした顔で理恵は語る。仲間やね。声には出さず、真澄はすみれに話しかけた。グミの実のような唇が小さく動き、ピンク色の舌がちろりと覗く。まるでなにか言葉を発したがっているようにも見えた。

その晩、真澄は佳織にすみれの話をした。浴槽は狭く、同時に湯に浸かりたいときには、向かい合って膝を抱えなくてはならない。佳織は髪の毛を頭頂部で結っていた。右のこめかみから垂れた一房が頬に貼りついている。額《ひたい》には玉のような汗が浮いていた。

「すみれのすみちゃんか。可愛いね」

「ね。真澄をすみちゃんって呼ぶよりか自然たい」

ものごころついたときから、家族にはすみちゃんと呼ばれていた。なぜそうなったのか、理由を尋ねたことはない。幼少期からの呼び名というのは、それほど自分自身と癒着《ゆちゃく》している。

「名は体《たい》を表すっていうから、きっとすみれちゃんもすみちゃんみたいな優しい子に育つよ。いいなあ。羨ましい」

「なんば言いよっと」

自分のどこに佳織の羨む要素があるというのか。真澄の思いを見抜いたように、本心だからね、と佳織が口を尖らす。それと同時に細い手首が水面で翻《ひるがえ》り、真澄の顔を目がけて湯が飛んできた。避ける間もなく、真澄はそれを正面から受け止める。だって、すみちゃんが私の言うことを信じてくれないんだもん。佳織はなおも手を止めない。

「かおちゃん、ちょっと待ってくれんね。ストップ、ストップ」

降参を示すように、真澄は胸の前で手を広げた。水音が収まり、荒れていた水面が落ち着きを取り戻していく。指の腹で目の周りの水気を払うと、深い息が自然にこぼれた。

「もうっ、子どもじゃなかとよ」

「私、明日東京に帰るね」

頬についた髪を払いながら佳織は言った。

「賢作さんの仕事、落ち着いたとね？」

「本当は、賢作の仕事が理由で帰ってきたわけじゃないんだ。ちょっと喧嘩《けんか》しちゃって」

「じゃあ、家出だったと？」

まあね、と佳織は浅く頷いた。真澄は恐る恐る原因を問うた。

「私たちの結婚記念日に、賢作がお義母《かあ》さんを家に泊めるって言い出したの。お芝居のチケットがとれたとかで、その日に仙台から上京するんだって。そうしたら賢作が、うちに泊まってもらえばいいよねって言ってきて」

「あー」

「お義母さんはお芝居から帰ってきて寝るだけだから、なにも準備はいらないって賢作は言うの。でも、本当になにもしないわけにはいかないでしょう？　部屋を掃除して、来客用の布団を干して、翌朝はご飯を支度して。たかが一泊でもやることは山ほどある。簡単に言わないでほしいって怒ったら、息子が東京に住んでいるのに、母親をホテルに泊まらせるわけにはいかない。おまえには優しさがないのかって、向こうも怒り出して」

類似の経験がまったくない真澄には、佳織の苛立《いらだ》ちがいまひとつ理解できない。結婚記念日を祝うのは翌週にして、その日は賢作の母親をきちんと招待すればよいのでは、とすら思う。だが、賢作がようやく自分の非を認めたと喜んでいる佳織に、そんなことは言えなかった。代わりに、

「結婚って、やっぱり大変？」

と尋ねた。

「大変だよ。家事とか親戚付き合いとか、結局は女の負担になることばっかりだもん。一緒に生活していると、どうしても相手の嫌なところが見えてくるしね。恋人同士のころのほうが断然楽しかったな」

のぼせそうだから先に出るね、と浴槽の縁を摑み、佳織が立ち上がる。洗面所に続くド

アが開かれると、新鮮な空気が流れ込んできた。バスタオルを手にした佳織が振り返り、

「だから、すみちゃんは結婚なんかしなくていいよ。せっかく一生食べていける立派な仕事に就いているんだし、わざわざ男のことで苦労してほしくない。すみちゃんには今のまま、ずっとこの家にいてほしい」

「かおちゃん、タオル取ってくれんね」

真澄も浴槽から上がった。受け取ったタオルで、まずは顔を強く拭《ぬぐ》う。この家では、タオルは手ぬぐいのように平たくなるまで酷使される。柔らかさはとっくの昔に失われ、それを擦《こす》りつけた皮膚はひりひりと痛んだ。

「もうっ、おじさんみたいな拭き方しないでよ。お肌に悪いよ」

佳織が声を立てて笑う。心から楽しげなその顔に、

「かおちゃん。私ね、不倫ばしとった」

と告げた。

「えっ」

佳織の手からタオルが滑り落ちた。床に情けなく伸びたタオルに、佳織は目もくれない。眉間に鋭く皺を寄せ、どういうこと？　なんで？　どうして？　と、全裸のまま必死に繰り返している。真澄はタオルを拾い、佳織の両肩にかけた。風呂で血色がよくなったはずの肌は、すっかり青ざめていた。

「どうもこうもなか。私、奥さんがおる人と付き合っとったと」

約半月前、ヨシが既婚者だと知った。声が聞きたくて堪《たま》らず、珍しく真澄から電話をかけた夜のことだった。実はまだ会社にいると言うヨシは、電話口に出たときから妙に落ち着きがなく、だが、そんな状況でも着信に応じてくれたことが嬉しかった。五分ほど他愛のない話をしたところで、そろそろ仕事に戻って、と真澄は通話を終えようとした。そのときだった。

ドアの開閉音と共に、パパー、お風呂どうぞってママが呼んでるよー、と、甲高《かんだか》い声が耳に飛び込んできた。真澄が混乱する間もなく、がさごそと乾いた音がして、送話口がなにかで塞がれたのを感じた。今行くって言っておいて、と応えるヨシの声がわずかに聞こえた。

数秒後、今の誰？　と真澄は尋ねた。

「えっと、今のは、上司が――」

「パパって……呼んでたよね、ヨシくんのこと」

人生でもっとも重い沈黙が、スマートフォンと耳のあいだに広がった。真澄は自室の壁の時計を見ていた。秒針が一周したタイミングで口を開き、

「もしかして、結婚――」

「ごめん。マスミちゃん、本当にごめんね」

この一言を最後に電話は切れた。そして、そのまま連絡は途絶えた。メッセンジャーはブロックされ、オンラインゲームの世界からはヨシのキャラクターが消えた。おそらく、データを丸ごと削除したのだろう。彼と繋がる術《すべ》は、もうこの世のどこにもない。

「そんなの嘘。すみちゃんが不倫なんかするはずなか。相手に騙《だま》されとったじゃなかとね？」

方言交じりの佳織の問いは、懇願《こんがん》のようだった。相手が既婚者と知らずに交際していた場合、それは確かに不倫と見なされない。そもそも二人のあいだに肉体関係がなければ、不貞行為にあらずと判断されるのが法律上の通例らしかった。つまり、会ったことすらない真澄とヨシの交際は、不倫の定義に到底当てはまらない。ヨシの妻に訴えられる可能性は、ほぼゼロと言えた。

だが、真澄はヨシとの関係に、不倫という名前をつけると、今、決めた。不倫ではなかったと解釈することは、ヨシとの付き合いを丸ごと否定することだ。生まれて初めて告白され、生まれて初めて恋人ができ、生まれて初めてキスを交わした。それらの思い出を、所詮は文字の上での戯《たわむ》れだったと片づける。そんなことはしたくない。ヨシが好きだった。人を好きになるとはどういうことか、彼は教えてくれた。真澄はヨシを、元恋人として覚えていたかった。

「騙されてなか。私が不倫を選んだと」

佳織が揺れる眼差しで真澄を見つめる。この子は私のことを心のどこかで憐《あわ》れみたがっていたのだと、唐突に気づく。佳織にそのままでいいと言われるたび、狭い場所に押し込まれているような気持ちになった。馬鹿にしないで。三十年ぶんの鬱屈《うっくつ》が、胸の内側でようやく言葉になった。

「私はもう、かおちゃんが思っとるような、純粋で優しい子じゃなか」

傷ついたような佳織の表情が、ほんの少しだけ小気味よかった。

次の夜勤の日、真澄はポケットにあるものを忍ばせて出勤した。入院が決まった妊婦に分娩監視装置を取りつけ、ナースステーションに戻る途中、会計カウンターにこそこそと立ち寄る。周囲に誰もいないことを確認し、ポケットからすばやくビニール製の密封袋を取り出した。中には自分の貯金から引き出したばかりの、厚さ二、三ミリほどの札束が入っていた。それを、ピンク色の小箱に一息に押し込む。

慰謝料は鈍い音を立て、献金箱の底に落ちた。

両性花の咲くところ

白野真澄は、リュックサックを背中で弾ませている。

二段飛ばしで階段を上り、自動改札機を勢いよく通過しようとしたそのとき、俊敏な近衛兵《このえへい》が槍を交差させるように、腿《もも》の手前でフラップドアが閉じた。こちらを威嚇《いかく》するようなチャイムの音。背後に立つ人から不機嫌の胞子《ほうし》が噴き出すのを感じながら、すみません、と真澄は退《しりぞ》いた。改札の向こうでは五人の集団が輪になり、こちらを見て笑っている。全員が冬物を着ていることに、確かな時間の経過を感じた。

「白野さん、なあにやってるんですか」

ぱくちーが髭《ひげ》の生えた口もとに手を当て、叫んだ。夏に会ったときからさらに腹回りが膨らんだようだ。タヌキのように突き出たそれは、分厚そうなパーカ越しにも分かる。

「ごめん、チャージが足らなかった。すぐに精算する」

真澄は片手を上げ、精算機に向かった。人身事故によるダイヤの乱れが遅刻の理由とはいえ、すでに彼らを十分近く待たせている。はやる気持ちで機械に千円札を押し込んだ。

「お待たせしました」

頭を下げて走り寄った真澄に、そない慌てんでもよかったのに、と漆黒誉《しっこくほまれ》が笑いかけた。今日も厚底のショートブーツから薄手のニットに細身のパンツ、モッズコートや鞄《かばん》まで、身に着けるものは黒に統一されている。口紅の赤だけが、濡れたように光っていた。

「みんな揃ったし、そろそろ行こうか。俺、腹減っちゃったよ」

くたくたのショルダーバッグを背負い直して、ぱくちーが言った。グケの先導で、五人は駅の東口を抜ける。都内随一の繁華街は、今日も人で溢れていた。薄ピンクのトレンチコートを着た彦星《ひこぼし》きらりが、お店はグケさんが決めてくださったんですよね、と本人に尋ねる。このメンバーで集まるのは今日で四回目だが、彦星だけは敬語が抜けない。

「うん。海鮮がすっごく美味しくて、そのわりに安いんだって。友だちに薦められたんだ。しかも個室だから、今日はじゃんじゃん編集者の悪口を言おうね」

芥子《からし》色のロングスカートに赤と黒のブルゾンを羽織《はお》ったグケが、ピースサインで彦星に応える。この六人で顔を合わせると、話が盛り上がるあまり、ほかのお客さまの迷惑になりますので、と、必ず店員から注意を受けた。次こそはカフェでなく、居酒屋の個室にしようと話し合ったことを、グケは覚えていたようだ。

「あ、そうだ。白野さんの新刊、さっき書店で見かけたよ。先週の金曜が発売日だったんだね。結構大きく展開されてた。よかったね」

sideburn《サイドバーン》に笑顔で言われて、真澄は迷いながらも礼を述べた。sideburnは、白野さんの新刊、と言ったが、正確には真澄が装画を手がけた文芸書であり、自著ではない。自分のイラストが使われた本や雑誌の刊行を祝われたときの正しい反応を、真澄はいまだ摑みきれていなかった。

「あの本は、作家さんがもともと人気の方だから」

「でも、すごく目を引いたよ。背景の黒に薄橙《うすだいだい》の花が映えてて、女の子のアンニュイな表情も絶妙だった。僕は好きだな」

細身で長身、今日もライトグレーのチェスターコートがよく似合っているsideburnは、褒め方もスマートだ。六人のうちでもっとも売れっ子なのが、このsideburnだろう。綿密に描き込んだ風景に中性的な佇《たたず》まいの人物を溶け込ませる作風は、仕事のジャンルを選ばない。その上、誰に対しても物腰が柔らかく、フォロワーにも気軽に絵のアドバイスをするために、sideburnのSNSのアカウントは常に盛況だった。

「編集さんの指示で人物はかなり描き直したし、装丁家の人に色味は調整してもらったから。その人たちのおかげだよ」

「新刊の表紙、私も見ました」

彦星が胸の高さに右手を上げる。黄色に塗られた爪が、上着の袖から顔を出した。黄葉した銀杏《いちょう》の葉のような色合いで、今の季節にぴったりだと真澄は思う。

「あれはなんていう名前の花なんですか？　どこかで見たことがあるような気がするんですけど」

「ノウゼンカズラだよ。庭木としてはわりとメジャーだから、近所の庭とかに咲いてたんじゃないかな。花は色鮮やかできれいなんだけど、蔓《つる》植物特有の怪しげな魅力もあって、絵のモチーフにすごくいいんだよね」

「そのノウゼンカズラが、小説に出てきたんですか？　どういうふうに構図は決まったんですか？」

「今回は僕のほうから三パターンくらいラフを送って――」

これまでに装画を担当した本の数は、彦星のほうがずっと多い。妙な居たたまれなさを感じながら、真澄は制作過程について話した。そのうちに、グケが友人から紹介されたという居酒屋に到着する。外壁に木の板を飾りつけた和風の店構えで、白い紙に筆ペンで書かれたメニューが表に張り出されていた。雰囲気から想像するよりは、料理は二、三割ほど安かったが、普段はチェーン展開の居酒屋ばかり利用している真澄にとっては、充分に格調高い店だ。自分とは違うグケの金銭感覚を垣間《かいま》見たような気持ちになった。

「いらっしゃいませ」

六人で格子戸をくぐると、濃紺の作務衣《さむえ》に黒い腰巻きエプロンを締めた店員に迎えられた。

「予約していたミツハシです」

「はい、ミツハシさま。六名さまですね。お待ちしていました。ご案内いたします」

ええっ、ミツハシ？　と、ぱくちーが目を見開き、グケ以外の四人を見回した。彦星は手を口もとに当てて瞳を輝かせ、漆黒とsideburnの唇の端も緩んでいる。グケは即座に顔をしかめ、驚くようなことじゃないでしょう、と冷ややかな声音で返した。だが、耳が赤い。照れているようだ。リーダー格のグケの意外な姿に、場の空気が一気に柔らかくなる。個室に案内されてからも、素敵なお店ですねえ、ミツハシさん、と、ぱくちーはにやにやと周囲を見回し、彦星は鴨居《かもい》のハンガーにトレンチコートをかけながら、

「なんだかびっくりです。グケさんに、グケさん以外の名前があったなんて」

と、感心したように言った。漆黒が座布団に腰を下ろして頷いた。

「分かるわ。よう考えたら、グケが本名のはずがないんやけどな。うちも、グケさんのことはもうグケさんとしか思ってなかった」

「僕は苗字が久家《くげ》なのかなって、勝手に思ってました」

「それは深読みしすぎだよ、sideburnくん。私のペンネームは、本名と全然関係ない。電話口でグケを名乗るのはさすがに恥ずかしくて、今回は仕方なく本名を使ったんだよ」

ぱくちーさんだって、ペンネームで予約は入れないでしょう？　と、グケは湯気の立ち上るおしぼりを向かいのぱくちーに手渡した。

「いやあ、俺のはまだネタっぽさがあるから、いけなくはないよ」

「本当にい？　じゃあ、今度集まるときは、ぱくちーさんが幹事ね」

「あ、待って。俺、幹事とか無理」

「ペンネームで予約かあ。漆黒誉はまずあかんな。どこをとっても中二病の香りがきつすぎる。あ、彦星さんやったらいけるやろ」

漆黒は隣の彦星を見遣った。

「そうですねえ、苗字だけなら頑張れると思います。でも、フルネームで彦星きらりを言うのはきついです。プライベートでも芸名を名乗ってるアイドルみたいで」

「それはちょっと厳しいかも」

彦星の正面で、sideburn が小さく笑う。漆黒がすかさず、

「言うとくけど、sideburn くんが一番訳分からんねんで。こうやって呼んどっても、なんの呪文やっていう気持ちになるわ」

「呪文はひどいなあ」

sideburn が苦笑したところで、とりあえず注文を決めましょう、と、真澄は表紙に和紙のあしらわれたメニューをテーブルに広げた。間もなく運ばれてきたビールとソフトドリンクで、まずは乾杯する。暦《こよみ》の上では立冬を迎えたが、今日は気候がよく、グラスまで冷えたビールが美味い。真澄はアルコールの匂いがする息を深々と吐いた。

「で、グケの由来はなんなの？」

ぱくちーが醬油《しょうゆ》皿を配りながら尋ねる。お通しのきんぴらと刺身の盛り合わせがテーブルに並んでいた。グケは気怠《けだる》そうにわさびを割り箸の先ですくって、

「たいした話じゃないよ。ハンドルネームを考えてるときに、目の前にカエルのぬいぐるみがあって、その鳴き声からとったの。適当につけた名前がそのまま仕事用のペンネームになるなんて、あのときは全然思わなかったんだよね」

ぼやく唇にはビールの泡がついていた。ああ、そうだよね、と真澄を除いた四人は口々に同意を示した。二年前、ＳＮＳから人気に火が点いたイラストレーターを紹介するという雑誌の企画で、六人は知り合った。以来、数ヶ月に一度の頻度で集まっては、情報交換と称して喜びや愚痴《ぐち》を分かち合っている。編集者の理不尽なリテイクの要求に、夜中にマグカップを叩きつけて割ったというエピソードは聞いていても、本名や年齢、出身地は知らない。互いのペンネームに触れるのも、今日が初めてだった。

「白野真澄は本名なんだよね？」

グケがやにわに真澄を見つめた。

「うん、そう」

「実は白野さんのこと、顔を見るまでずっと女の子だと思ってたんだ。こんなにがたいのいい若者が白野真澄を名乗ったから、びっくりしちゃった」

「白野さんは自分のこと、ＳＮＳでも僕って言うてるやん」

「いやあ、僕っ子なのかなって」

僕っ子とは、アニメやゲームに時折登場する、一人称に僕を用いる少女のことだ。現実にそれを真似する女の子もいる。真澄は顔の前で小さく手を振った。

「気にしないで。編集者にもよく間違えられるよ。花をよくモチーフにするから、余計にそう思われるみたい」

「白野さん自身は、女の人に間違われても平気なの？　子どものころ、名前のことでからかわれたりしなかった？」

「平気だよ。からかわれたこともないかな。四月生まれで、昔から体格はよかったからね」

「白野さんのイラストは線が細くて、女の子のおっぱいも大きくないから、そのあたりも女性に間違われやすいポイントなんだろうね」

納得したように頷く sideburn を、

「言っておくけど、業《ごう》が深いのは貧乳好きのほうだからな」

と、ぱくちーが指差した。ぱくちーは女の子をとにかく可愛く、巨乳に描くことに命を賭《と》している。性を匂わせる作品も多いが、健康的な雰囲気があるからか、幅広い層から人気があった。

「いや、僕は別に貧乳好きっていうわけではないから……」

「白野さんはさ、本名で仕事をすることには抵抗ないの？　昔の同級生とかに検索されたら、一発で現状が分かっちゃうじゃん」

醬油をべったりつけたカンパチの刺身を大きな口に放り込み、ぱくちーが言った。現状。その言葉がいやに冷ややかに聞こえて、真澄は被害妄想に陥《おちい》りそうになる。慌ててほの暗い感傷を振り払い、

「うーん。仕事をもらえるようになったきっかけは完全にSNSだけど、僕は専門学校を出てるから、本名で作品を発表することには抵抗がないんだよね。あのころは、それが当たり前だったから」

「なるほどねえ」

「ペンネームをつけたいって思ったこと、ないんですか？」

彦星の問いに、真澄は首を傾げた。そういえば、友人たちと遊びで漫画誌を作っていた小中学生のときも、ペンネームはつけなかった。凝《こ》りに凝った友だちのそれを、遠くの山を眺める気持ちで見ていた記憶がある。今日集まった仲間のように、近年デビューしたイラストレーターには一目でペンネームだと分かるものをつけている人も多かったが、真澄は単純に、名前がふたつあると面倒くさそうだと思っていた。

「そう、だねえ」

襖《ふすま》が開いて次の料理が運ばれてきた。六人用のテーブルはたちまち手狭になる。各々が

自分の近くにある料理を取り分けることになり、テーブルの上を何枚もの平皿が行き交った。真澄はほっけの開きを取り箸でほぐしながら、

「僕、たぶん自分の名前が好きなんだよ」

と答えた。しかし、間隔が空いたためか、五人はなんのことだかすぐには分からなかったようだ。きょとんとした十個の目に見つめられ、真澄は顔が赤らむのを感じる。なんでもない、と首を横に振った。

「ただいまー」

都心部から電車とバスを乗り継ぐこと、五十分。千葉の一軒家に着いたときには、夜の十一時を過ぎていた。洗面所で手と喉を洗い、キッチンに向かう。流しの明かりの下で水を飲んでいると、階段を下りる音がして、間続きのリビングの戸が開いた。

「おかえり。遅かったね。私、ずうっと待ってたんだけど」

ふてくされたように言うのは、五歳下の妹、悠希《ゆうき》だ。ちょんまげのように頭頂部で結んだ灰色の髪を揺らして、肩をすくめている。羽織っているパーカはかなりのオーバーサイズで、袖口からわずかに出た指先が、一冊のノートを摑んでいた。

「あ、ごめん。メッセージくれた？」

「それは送ってないけど。まっすーも締め切り前だって言ってたから、もっと早く帰って

くるかと思ってた」

「同業者との飲み会だったから、盛り上がっちゃって、つい。僕もってことは、恵《けい》さんも締め切り前なの？　そういえば、寛《ひろ》さんは？」

「寛さんはまだ会社から帰ってない。恵さんは書斎で仕事してるよ。締め切りを一週間勘違いしてたみたいで、昼から全然出てこない」

「うわあ……」

「ね、やばいよね。間に合うのかなあ」

どこか楽しげにそう言うと、悠希は、暗いっ、と手のひらを叩きつけて、壁のスイッチを入れた。リビングの天井に白っぽい光が点《とも》る。雑誌や本で溢れたローテーブルと、引き出しもまともに閉まっていないテレビラック。雑然とした室内が照らされる。悠希はタオルや上着で半分が埋まったソファに臀部《でんぶ》を投げ出し、真澄を手招きした。

「こっちもそろそろ相談しないとまずいかな、と思って」

「なにが」

「なにがって、勤労感謝の日。あと三週間もないんだよ」

「あ」

「前にも話したけど、今年は私が服を縫うから、まっすーは生地代をお願いね。それで、デザインなんだけど」

グラスを手にしたまま、真澄は隣に腰を下ろした。悠希がめくるノートには、さまざまな種類、色、形の衣類が描かれている。色のついていないもの、大まかな形だけ捉えたもの、何度も描き直された跡のあるもの。悠希がアイディア帳と呼ぶだけあって、どれも落書きのようなタッチだ。数多《あまた》のスケッチの中から、悠希はシャツとスカートをひとつずつ指差した。

「こんな感じはどうかな？　こっちのシャツが寛さんね。色はシンプルに白で、形は裾《すそ》を少し長めに、襟の裏地やボタンはちょっと派手にするつもり。会社のパーティとかで着られるといいかな、と思って。それから、こっちのロングスカートが恵さん。ほら、あの人の体格だと、既製品でロングスカートを買うのは難しいじゃない？　カラフルで大柄な幾《き》何学《かがく》模様の布にして、思いっきりモダンにしたいんだよね」

なにか意見は？　と訊かれたが、真澄は服のことは分からない。それに、友だちのように自分のことをまっすーと呼ぶ悠希に、兄の尊厳が通用しないことも理解していた。特になし、と水を一口飲んだ。

「二十三日までに完成できるの？　生地もこれから買うんだよね？」

「学校のミシンとか道具とかを借りて作るから、大丈夫」

悠希は服飾系の専門学校に通っている。布をたっぷり使った、奇抜な柄の服が好きなようだ。真澄には仮装のようにも見える服装で、毎朝楽しそうに登校している。

「ってことで、まっすー、お金ちょうだい。とりあえず、一人一万ずつ」

「嫌だよ。先に渡したら、絶対に余計なものまで買うよね。レシートを見せてくれたら、その金額を払うから」

「無理無理無理無理無理。まっすーがお金をくれないと、買いものにも行けない」

渋々財布を取り出した。レシートを見せること、お釣りは返すことを念押しして、一万円札を二枚渡す。やったー、と、ちょんまげを振って喜ぶ悠希に、あげたわけじゃないから、と強めに釘を刺した。

「それよりも、恵さんの仕事がそんなにやばいなら、しばらくは僕が夕飯を作ったほうがいいかな」

書斎のある方角を反射的に見遣った。廊下の奥の、この家でもっとも日が射さない部屋の隅、背中を丸めて辞書を引き引き翻訳している姿が脳裏に浮かぶ。腰まで伸ばした髪を雑に一結びにして、今も血走った目でパソコンのキーボードを叩いているかもしれない。あとでミルクティーでも差し入れようと思う。

「やっさしー。でも、大丈夫なの？　まっすーもバイトがあるんでしょう？」

「来週の締め切りはモノクロだし、バイトも夕方上がりの日が多いから、なんとかなるよ。あ、洗濯はよろしくね。洗濯機は僕が出勤前に回しておくから、悠希は中身を干してから学校に行って」

「えー」

「来週は、寛さんも校了でしょう？　僕たちがやらないと、家の中がめちゃくちゃになるよ」

「それはそうだけど」

アウトドア雑誌の編集者と、翻訳家の夫婦。それが、真澄と悠希の親だった。どちらも仕事人間で、自分の業務が切羽《せっぱ》詰まってくると、家のことを顧《かえり》みない。子どもが小さいころは、炊事や洗濯も任せられるベビーシッターを雇って凌《しの》いでいたが、真澄が中学校に上がってからは、その手配もおぼつかなくなった。真澄が一通りの家事をこなせるのは、環境に適応した結果だ。当初はカレーも上手く作れなかったが、やってくれるだけありがたいと、両親は礼しか言わなかった。それがいい方向に作用したのか、気づけば積極的に家のことを引き受けるようになっていた。

「じゃあ、明日からよろしく」

「ふあーい」

まだソファでぐずぐずしている悠希をリビングに残して、真澄は風呂に向かった。暖かい日だと思っていたが、存外身体は冷えていたらしい。湯に浸かった途端、大きな息が漏れた。来週の締め切りは、小説誌の扉絵と挿絵だ。後者はほとんど完成しているが、前者は少女とユキヤナギのバランスにまだ迷っている。いっそ構図から見直したほうがいいかもしれない。

ふー、と息を吐いて、後頭部を湯船の縁に預けた。今日集まった六人のイラストレーターのうち、もっともぱっとしないのが自分だろう。SNSで仕事の告知をする頻度も、フォロワーの数も、最低。これが現状だ。イラストレーターの収入だけで自活しようと思ったら、どんなぼろアパートを選んでも半年ももたない。両親のように、好きなことを仕事にできていない。

両手に湯をたっぷりすくって、顔にかける。前髪から滴る水に目を瞬《しばたた》かせて、真澄はもう一度大きく息を吐いた。


ペンをデスクに転がして、データを保存した。パソコンのモニターの時刻を確認すると、午前三時十二分。集中していたようだ。手首を回して、目頭《めがしら》を指で揉《も》み込んだ。眼球に負担をかけると分かっていても、照明は夜でもデスクライトしか点けない。そのほうが気が散らないのだ。完成までの工程をすべてデジタル化している真澄は、パソコン機器にはこだわっている。CPUは容量や処理速度を重視して自分で組み立て、資料となる画像を同時に複数枚表示できるよう、モニターも二台設置した。暗闇の中、パソコンと液晶ペンタブレットの画面、それにデスクライトが一ヶ所に集まり光っているさまは、まるで宇宙船のコックピットのようで、密かに気に入っていた。

傍らのマグカップを手に取り、冷めたレモンティーを飲み干す。これを淹《い》れたとき、真澄はついでにミルクティーも作り、書斎に持っていった。恵さん、大丈夫？　と尋ねると右手は小さく上がったが、その横顔は張り詰めていて、真澄はさっさと部屋をあとにした。仕事の邪魔をして、機嫌を損ねたくなかった。

真澄と悠希は幼いころから両親を名前で呼んでいる。恵さんと、寛さん。周囲に影響され、保育園時代には、お父さん、お母さん、パパ、ママと呼びかけたこともあったが、当人たちに拒《こば》まれて、今に至っていた。この家には父の日も母の日もありません、と宣言されたのは、真澄が小学三年生のときだ。親を労《ねぎら》いたいなら勤労感謝の日にしてほしいと言われ、以来、悠希と協力して、毎年十一月二十三日にプレゼントを贈っていた。

ユキヤナギの形をもう少し煮詰めたかったが、ふたたび時間を確認すると、三時十九分。さすがに限界だろう。パソコンとエアコンの電源を切り、ベッドに入った。液晶画面の残像が眼球の内側を這《は》い回っているようで、すぐには寝つけない。神経の昂《たか》ぶりに任せて目を開けていても、眠気は遠ざかる一方だ。身体を強引に休ませようと瞼を下ろし、頭に脈絡なく浮かぶイメージを拒むでもなく追うでもなく、ただ受け入れる。ユキヤナギのもこもこ、少女が着ているワンピースの裾の広がり、漆黒誉の口紅の赤と、ほっけの開きの焦げ目の茶色。それから、sideburn のコートの、見た目にも分かる滑らかさと、書斎で英和辞書を睨《にら》んでいた、自分と同じ形の目——。

視神経の端が眠りを捉えたようだ。眼球の奥がずんと重くなる。頭の中を飛ぶイメージがゆっくりとひとつに溶け合って、やがて黒に呑まれていく。

紙に本をあてがい、軽く折り目の印をつけたら、あとは迷わず指に力を込める。これがコツだ。考えすぎると本が動いたり、折り目が斜めになったりして、仕上がりが汚くなる。

おにいちゃん、上手ねえ、と、『なまえじてん〜子どもの幸せな未来のために〜』を購入した初老の客が感心したように声を上げた。真澄は手先が器用で、ブックカバーをつけるのも得意だ。ありがとうございます、と笑顔で礼を言った。

「長男のお嫁さんがついに妊娠してね、待望の第一子よ。結婚したのは五年前なんだけど、全然できなくって。でも、これればかりは授かりものでしょう？　焦るとよくないって聞くから、私もあんまり口出ししないようにしてたんだけど……。私、こっそり水天宮《すいてんぐう》にお参りに行ったこともあるのよ。本当によかったわあ」

「おめでとうございます」

何度目になるか分からない祝福の言葉を述べた。この客は名づけの本を求めて入店したときから、同じ話を繰り返している。購入した本は、息子夫婦にプレゼントするのではなく、自分で読むそうだ。そうか、祖父母が名づけ親になる場合もあるのかと、真澄はひとり頷いた。白野家は、親戚との付き合いがほとんどない。仕事が忙しいからだと親は言うが、意図的に避けているか避けられているか、そのどちらかだろうと思っていた。

真澄が自分の名前を好きなのは、そこに込められた両親の思いを知っているからだ。とにかく中性的な名前をつけたかった。そう言われた。グケに訊かれたときには否定したが、名前のことでからかわれたことが、本当は一度だけある。小学二年生のときに、クラスメイトの一人から、唐突にオカマ呼ばわりされた。真澄は椅子を後ろに倒す勢いで立ち上がり、相手に摑みかかった。普段は温厚な真澄の反撃に驚いたのか、教室中が静まり返ったことを今でも覚えている。その場にいた教師も、とっさには止められなかった。

「こちら、お品ものです」

芦原《あしはら》書店と印字された袋に本を入れて、客に手渡す。ありがとうございました、と頭を下げて見送ったとき、入口の自動ドアが開いた。ストライプ柄の細身のスーツと、八頭身のスタイル、よく日に焼けた手と顔。視界の端に入り込んできた姿に、背中が軽く粟立《あわだ》つ。夜中まで営業している都心の店ならともかく、千葉の本屋ではあまりに目立つ外見だ。真澄の視線を感じたのか、芦原がレジカウンターを振り返る。真澄は仕方なしに会釈《えしやく》した。芦原は右手を上げてそれに応えると、従業員室のほうへ消えていった。

芦原書店は、千葉に四店舗を構える地元密着型の本屋だ。高校一年の夏休みから、真澄はこの南《みなみ》支店でアルバイトをしている。五年前に専門学校を卒業して以降は、文芸書を中心に、売り場の管理も担っていた。客の入りがまばらのうちに事務作業を片づけようと、レジ横のノートパソコンに手を伸ばす。しかし、パソコンを操作しているあいだも、従業員室が気になって仕方がない。真澄の休憩まで、あと三十分。芦原にはそれまでに本店に帰ってもらいたかった。

「おはようございます。白野さん、替わりますよ」

傾いた名札を付け直しながら、大学生アルバイトの畑《はた》がカウンターに入ってきた。畑は肩まで伸ばした髪を、二日と続けて同じようには結わない。今日は頭頂部で緩くひとつにまとめていた。両の耳たぶには雫《しずく》形のピアスがついている。

「おはよう。オーナーって、まだ裏にいる?」

「いますよ。来月はどれくらいシフトに入れるのかって訊かれました。正直に答えたら、もっと入れるだろってねちねち言われて、本当にむかつきますよ。十二月はゼミの関係であまりバイトに出られませんって、店長には事前に伝えてあるのに」

腐敗物を鼻先に突きつけられたような顔で畑は言った。

「無視すればいいよ。店長は分かってると思うから、大丈夫。あ、このへんの入力は休憩から上がったら僕がするから、そのままにしておいてね」

「了解でーす」

芦原はやはりまだ本店に戻っていないようだ。真澄は深呼吸をして、従業員室のドアを開けた。店長の鈴木《すずき》がスポーツ刈りの頭に手を当て、あ、休憩? と尋ねる。芦原はテーブルに臀部の一部を預けた姿勢のまま、白野くんがレジにいると、売り場に安心感が出るね、と白い歯を見せた。

「もう十年近く働いてますから」

暗にこの店との付き合いの長さを示したつもりだったが、芦原は、偉いよなあ、俺はバイトが全然続かない男だったからさ、と目を細めただけだった。

「あのころの白野くんは、身体は大きいのにいらっしゃいませを言う声が震えてて、本当に可愛かったな。声変わりも終わってなくて」

「店長はすぐにその話をする。やめてくださいよ。初めてのバイトだったんだから、しょうがないじゃないですか」

ちょうど十歳上の鈴木とは、働き始めたころからの仲だ。年に数回は二人で飲みに行く。

芦原が微笑を浮かべて、

「白野くんは、今、いくつだっけ?」

「二十五です」

「二十五か。将来のこととか、どう考えてるの?」

「将来?」

「男だし、いつまでもフリーターでふらふらしているわけにはいかないんじゃない? いずれは一家の大黒柱になるんだから」

今、彼女はいるの？　という問いに、いないです、と答えながら、やっぱりこの人は苦手だ、と真澄は思った。先代のオーナーが亡くなり、息子の芦原礼一郎《れいいちろう》が跡を継いでから、まだ一年と経っていない。都内の広告代理店に勤めていた芦原には、もともと書店経営の意志はなく、後継が決まるまでにはかなりの紆余曲折《うよきょくせつ》があったと噂で聞いていた。

葬儀場で顔を見た瞬間に、親しみを覚えるタイプではないと思った。それが苦手意識に転じたのは、あの面接がきっかけだろう。正社員だけでなく、各店の中心的なアルバイトとも話をしたい。そう言われて招かれた本店の応接室で、真澄は問われるままに本の陳列について意見を述べた。

芦原書店の文芸書は、作家の性別で分けられた上で、五十音順に並んでいる。客として通っていたころから、真澄はこの分類法に疑問があった。大抵の読者は、読みたい作家を性別では選ばない。中性的なペンネームの場合には、作者の性別を勘違いしていることもある。真澄自身、面識のない編集者と店で待ち合わせをするときには、なかなか気づいてもらえないのだ。また、覆面作家として活躍している書き手もいて、この分け方には多大な不便性を感じていた。

そもそも作家の性別は、普通、プロフィールには記載されない。名前や著者近影を見て、男性か女性か、店側が勝手に推測しているだけのこと。本人がどう認識しているか知らない立場で性別を判断することに、真澄は次第に強い抵抗を覚えるようになった。三、四年前から、性別の壁を取っ払ってほしいと先代オーナーに直訴を始めて、昔からの客が多いこと、南支店だけ陳列法を変えるわけにはいかないこと、パソコンのデータをすべて書き換えるのは容易ではないことを理由に断られても、決して引き下がらなかった。

「白野くん、さ」

「はい」

芦原はようやくテーブルから臀部を離して、真っ直ぐに立った。

「正社員にならない？」

「は？」

不遜《ふそん》な音が口から漏れた。さすがに失礼だと慌てたが、芦原は意外にも気にする素振りを見せずに喋り続けた。

「俺も鈴木店長も、白野くんのことは本気で頼りにしてるんだよ。勤務歴も勤務時間も人一倍長いし、決して高くはない時給で、一生懸命に働いてくれている。ほかのアルバイトからの信頼も厚い。俺は、そういう奴にはそれなりのことをやってやりたいと思う男だよ」

会話の端々で、俺はこういう男だと主張するのが芦原の癖だった。真澄は無言で瞬《まばた》きを繰り返した。まったく予想外の展開だった。鈴木が心配と期待の入り混じった目でこちらを見ている。真澄がイラストレーターを兼業していることは、この店では鈴木と、数人のアルバイト仲間しか知らない。真澄が自分から話すことは滅多になかった。

「僕が……僕が社員になったら……」

「うん」

「本を作家の性別で分けることをやめてもいいですか？」

「ああ、前にもそんなことを言ってたね。こだわるなあ」

「先代に約束してもらったことだと、僕は思ってるので」

「親父と約束ねえ」

先代オーナーが突然の病に倒れたのは、今の分類法は現代社会にそぐわないという真澄の意見がようやく受け入れられた、その一ヶ月後だった。真澄は先代オーナーとのやり取りをすべて芦原に伝えたが、それは自分と約束したものではない、と、彼はあっさり計画を退けた。でも、と反論しかけた真澄に、芦原は、本なんてどうせ売れないんだから、やるだけ時間と人件費の無駄だよ、と言った。その顔には、くじが当たらないと縁日に騒ぐ子どもをいなすような笑みが浮かんでいた。

「分かった。いいよ」

「えっ」

「社員になったら、白野くんの好きにしていい」

「本当ですか？」

質問しておきながら、期待はしていなかった。なかば皮肉のつもりだったのだ。思いがけない返答に、心がぐらりと揺れる。正社員。紛れもなく仕事だ。生業だ。人に職業を訊かれたときに、今までみたいに口ごもらずに済む。書店員の仕事には愛着があり、なにより、自宅最寄りの書店から男女の分類法を取っ払うことは、真澄の長年の課題だった。

「本当、本当。俺は、嘘は吐《つ》かない男だから」

　芦原は大きく頷いた。

「ただし、二月の棚卸しのタイミングで、文芸書の売り場面積は、現状から三割減る。南支店だけじゃなくて、全店で売り場をリニューアルする予定だ」

「えっ」

「漫画と文庫も一割ずつ減らして、そのぶん、文具と雑貨を大きく展開する。いわゆる複合型書店化だね。南支店は高校が近いから、若い女の子向けの雑貨をメインに並べる方向でいこうと思ってる。まだ公式に告知はしていないけど、先週の会議で決まった」

　真澄が視線を向けると、鈴木は神妙な表情で顎を引いた。普段から下がり気味の太い眉毛が、さらに鋭角な坂道を作っている。真澄は芦原に視線を戻した。

「品揃えが悪くなれば、お客さんはますますネット書店や大型書店に流れますよ」

「在庫の動かない棚を抱えている余裕は、うちにはもうない。白野くんも、本当は分かってるんじゃないの？　このままだとどこかに身売りするのも時間の問題だよ。でも、文具や雑貨を充実させれば、今まで本屋とは縁のなかった人が、うちに足を運んでくれるようになるかもしれない。そのついでに、雑誌や文庫本を買ってくれる可能性だって、充分にある。これは後ろ向きな決定ではないんだ」

分かりません、とは言えなかった。親の職業の影響か、真澄は子どものころから本が好きだ。漫画、小説、雑誌を問わずに触れてきた。だが、友だちに本を積極的に読む人はいない。イラストレーターの仲間うちでも、sideburn と彦星は、中身を一文字も読まないまま装画や挿絵を描くと言っていた。編集者から聞いた概要をもとにラフを作るらしい。

「来年の、二月ですか」

「うん。だから並べ方を変えたいんだったら、そのタイミングでやればいいよ」

芦原書店で正社員として働きながらイラストレーターを続けるのは、おそらくとても大変だ。戦前からこの地域で本屋を展開しているだけに、会社としての体質は古く、社員のサービス残業や休日出勤も日常的に行われていた。イラストの締め切り前に休みを取ったり、打ち合わせの日は午後出勤にしたり、今までのようにシフトに融通《ゆうずう》を利かせることは、まず望めない。

気づくと真澄は自分のスニーカーを凝視していた。本を抱えて運んだり、店内を歩き回ったり。書店員の仕事は肉体労働だ。これまでに何足の靴を潰してきただろう。底が剥がれたり、つま先に穴が空いたりしたこともあった。それでも辞めたいと思ったことはなく、案外天職なのだろうか。

「白野くん？」

はっとして顔を上げた。芦原は真っ直ぐな目で真澄を見ていた。

「本店には、いずれカフェも併設するつもりだ。俺の考え方や進め方に反対する人間は、社員の中にもまだ多い。でも、跡を継ぐと決めた以上、俺はどんな手を使ってでも、芦原書店の名前を残したいと思ってる。白野くんのような真面目で有能な若者が力を貸してくれたら、俺は本当に助かるよ」

もちろん鈴木くんも、と言われて、はい、と鈴木は頷いた。

「ありがとうございます。そういうふうに言ってもらえて、嬉しいです」

混乱を堪《こら》えて、一文字ずつ言葉を選んだ。

「ということは――」

「でも、もう少し考えさせてください。あまりに急で、まだびっくりしていて」

イラストレーターの廃業に繋がるかもしれない道を本当に選べるのか、自分でも分からなかった。

「もちろん。俺も突然だったからね。年内を目処《めど》に答えをくれるとこちらとしては助かるけど、白野くんの気が済むまで考えてもらって構わない。いい返事を期待しているよ。休憩時間にこんな話をして、悪かったね」

「いえ」

首を小さく横に振った。と、ドアがノックされて、おはようございまーす、と大学生アルバイトの横尾《よこお》が現れる。横尾は芦原の姿を認めるなり目を見開き、背筋を伸ばして、あ、あ、あ、おはようございます、と頭を下げた。

「君、いくらなんでもその髑髏《どくろ》のピアスはごつすぎるだろう」

芦原はしかめっ面で自分の耳たぶを引っ張った。すみません、外します、と焦る横尾の声を聞きながら、真澄は冷蔵庫から自分のペットボトルを取り出した。キャップを捻《ひね》り、ジャスミンティーを喉の奥に流し込む。青っぽい香りが口の中に広がった。

狭くて急な階段を上がり、木製の重いドアを開ける。今しがた歩いてきた夕方の街の延長のような、橙色の光に照らされた店内を見回して、相手の姿を探した。いた。一人掛けのソファに深く腰掛けて、腿の上のノートにペンを走らせている。真澄はぎりぎりまで距離を詰めて、

「sideburn くん」

と、小声で呼びかけた。

「あ、ごめん。集中してて、気づかなかった」

「ううん、お待たせ。それよりも、sideburn くんって、ノートも使うんだね。僕と同じで完全デジタルだって、前に言ってたから」

「あー、これはただの落書き帳だよ。中身をスキャンして使うこともないし、ちょっとした空き時間に、メモ代わりに描いてるだけ」

「すごいなあ。僕はそういうノートを持ち歩く習慣が作れないんだよね。持って出るのを忘れて、外出先で新しく買って、みたいなことを繰り返してるうちに使いかけのノートがどんどん増えちゃって、もう諦めたよ」

言いながらダウンジャケットを脱ぎ、向かいのソファに腰を下ろした。今日は真冬並みの寒さだ。ココアと迷った挙げ句、水を持ってきた店員に温かい紅茶を注文する。白野さんって、紅茶党だよね、と、sideburn が感心したように言った。

「ああ、うん。コーヒーよりも紅茶のほうが好きかな」

「珍しいんじゃない？　男でそういう人って」

「そんなことないよ」

真澄は笑って否定した。sideburn の前に置かれたカップには、褐色《かっしょく》の液体が満ちている。今日の sideburn は白黒のチェック柄のシャツに白いニットと黒いパンツという出で立《い　た》ちで、そのモノトーンの組み合わせに、ブラックコーヒーが似合っていた。打ち合わせの帰りだと言っていたが、sideburn は今日もファッション誌のスナップから抜け出てきたような、隙のない格好をしている。どの服も仕立てがいい。左手首の腕時計も文字盤が方位磁石のように大きく、値が張りそうだった。

「白野さんはバイトだったんだよね？　突然誘ったのに、都内まで来てくれてありがとう」

店員が真澄の前に湯気の立ち上るティーカップを置く。sideburnはそれにちらりと目を向けてから、続けた。

「ちょうど大きめの仕事の締め切りが終わったところだったから、誰かと話したい気持ちもあって、つい白野さんに声をかけちゃった」

「誘ってもらえて嬉しかったよ。なにより鳥飼《とりかい》さんがお元気で、本当によかった。メッセージでも話したけど、僕、あの人にはものすごくお世話になったんだ。基本的な仕事のやり方を、手取り足取り教えてもらった」

「すごく仕事のできる人だよね、鳥飼さん。メールのレスポンスも早いし、自分の要望と僕の裁量に任せてくれるところのバランスが絶妙で、質問にも的確に答えてくれる。あと、今までの仕事についてもめちゃくちゃ褒めてくれるね。あれがよかったとか、これが最高だったとか」

「そうなんだよ。ラフの時点で絶賛してくれるから。褒め言葉のインフレになるんじゃないかって、心配になるくらい」

「へえ。今回の本の完成が楽しみだな」

sideburnは目を細めて笑った。四年前、真澄に初めて商業イラストの依頼をくれたのが、大手出版社に勤める鳥飼だった。真澄がＳＮＳに登録したのも鳥飼に勧められたのがきっかけで、結果、大勢から注目されるようになったのだから、恩人とも言える。その後、大病をしたと人づてに聞いて心配していたが、sideburn の話によると、約一年前に職場復帰したそうだ。〈さっきまで会ってた鳥飼さんっていう編集者が、白野さんとも仕事をしたことがあるって言ってたよ〉とメッセージを受け取ったとき、従業員室で休憩中だったにもかかわらず、真澄は喜びの声を上げた。

「鳥飼さんも白野さんの活躍を喜んでたよ」

カップを両手で抱えて、sideburn は思い出したように言った。やはり目を細めている。

真澄は首をそっと横に振った。

「活躍なんて、全然だよ。僕はイラストだけではとても食べていけないし、バイトがあるから描くことを生活の中心にもできない。半分は趣味みたいなものだなって、よく思う」

大学に進むべきか、願書の期限のぎりぎりまで悩んだ末、イラストを描きたい気持ちを優先して、真澄は専門学校に入った。しかし、卒業して五年が経った今も、一人前だと胸を張れる状況にはない。むしろ、雑誌に取り上げられたころをピークに、仕事は少しずつ減っている。

ふっ、と sideburn が息をこぼした。

「白野さんって、真面目だよね。そんなことを言ったら、僕のイラストだって趣味も同然だよ」

「どうして？」

「彼女の給料にものすごく頼ってる。彼女とは同棲してるんだけど、生活費はほぼあっち持ちで、僕は家賃も払ってない」

「あ、そうなの？」

商業施設のポスターを書き下ろしたり、ＣＤのジャケットに使われたり。sideburn の仕事ぶりは、出版以外の業界にも及んでいる。六人の中では唯一イラスト集も出していて、自分の数十倍は収入があるに違いないと、勝手に推測していた。そんな真澄の思いを見透かしたように、sideburn は肩をすくめた。

「まあ、服に費やすのをやめれば、家賃も生活費も普通に払えるんだけど。でも、そんな暮らしをしたいとは思わないし」

「うん」

真澄はカップを口に運んだ。アールグレイの爽やかな香りが鼻から抜ける。ふう、と吐いた息は熱かった。

「それってヒモじゃんって、友だちには言われるけど」

カップを抱えたまま、sideburn はソファの背もたれに上半身を預けた。

「彼女はもともと僕のファンだったんだ。だから、僕を支えたい気持ちが強いっていうか、僕にはなにも我慢してほしくないって言ってる。僕も彼女も今の生活スタイルに納得してるし、そうなると、周りにどう思われても気にならないよね」

sideburn はゆったりとした口調で言うと、カップに口をつけた。伏せられた目の奥で、一瞬、光が強く鋭く弾ける。常に sideburn を包んでいた物腰の柔らかさが粉砂糖のように溶けて、金属にも似た冷たさが剝き出しになった。真澄は小さく息を吞んだ。

「白野さんも、誰かに頼ればいいんじゃない？」

「頼る——」

「白野さんは、一人暮らしだっけ？」

「ううん、実家だよ」

「じゃあ、親に甘えれば？　もちろん、白野さんが稼がないとまずいっていう事情があるなら別だけど」

「そんなことは……ないと思う」

真澄は一定の金額を毎月家に入れているが、親にそうするよう言われたわけではない。雇用形態はアルバイトでも、きちんと働いているということを示したいという自負から、自主的に渡していた。脛《すね》を齧《かじ》ろうと思えば、いくらでも齧れるだろう。仕事を優先してきたという負い目があるからか、どちらの親も子どもには甘かった。

「だったら本屋のバイトは辞めて、イラストに専念しようよ。半分は趣味みたいなものだって言っているあいだに、仕事にするための努力をするしかないよ。ネット発のイラストレーターの寿命なんて、きっと短い。僕たちがぱっと出られたんだから、これからも新しい描き手はどんどん出てくるよ。生半可《なまはんか》な気持ちでは、絶対に生き残れない。僕は今後も描き続けるために、使えるものはなんでも使おうと思ってる」

「sideburnくんは大丈夫だよ。消えたりしない。僕は……危ないかもしれないけど」

「違う。そういう話をしてるんじゃない。いつも言ってるけど、僕は白野さんのイラストが好きなんだ。すごくユニークだと思ってる」

「ユニーク?」

自分の絵に面白い要素があるとは思えない。真澄が不思議に感じて繰り返すと、ユニークっていうのは、ほかに類を見ないほど独特っていう意味だよ、とsideburnは言った。

「だから、謙遜《けんそん》なのか、本当に自信がないのかは分からないけど、白野さんはイラストに対してもっと腹を括ればいいのにって、よく思う。さっきの半分趣味発言もそう。プロ意識に欠けるよね」

今、最注目のイラストレーターの胸にこんな思いが潜んでいたとは、思いも寄らなかった。言葉を詰まらせた真澄に、sideburnが、ごめん、と呟く。真澄は首を振って応えた。この人は自分に対して、ずっともどかしさや苛立ちを感じていたのかもしれない。紅茶を飲んで、気持ちを落ち着かせた。

そのあとは、互いの地雷を絶妙に避けるような雑談が続いた。それぞれ追加で飲みものを頼み、夜七時を過ぎたところで店を出る。結局、二時間近くカフェに滞在していた。外は完全に日が落ちて、骨に染み入るような寒風が吹いている。真澄はダウンジャケットのポケットに手を突っ込み、sideburn と並んで駅を目指した。

「さっきの、僕が彼女と同棲してるっていう話だけど」

「うん」

「ほかの人には言わないでもらえるかな。もちろん、SNSにも書かないでほしい」

周りにどう思われても気にならないとさっきは言っていたが、いざ仕事に影響を及ぼす可能性を考えると、不安なようだ。sideburn のイラストは、本人の人格や素行とは無関係に、絶対的に美しいと真澄は思う。しかし、親しみを感じて応援しているフォロワーがごっそり離れていく心配は、確かに拭いきれなかった。

「大丈夫だよ。誰にも言わないよ」

口を開いたそばから、返答は白い靄《もや》に変わった。葉が落ちた街路樹の枝のあいだから、星のない夜空が見える。赤い光を灯したヘリコプターが一機、頭上を飛んでいった。

「よかった。でも、白野さんなら、変に騒ぎ立てるようなことはしないんじゃないかって思ってたんだ。あんまり偏見がないよね、いろんなことに対して」

「どうかな。そういうふうに生きたいとは思ってるけど」

「そういうふうに生きたいと思ってることがすごいよ。普通の人は、考えもしない」

「うちは親が少し変わってるんだ。単純に、マイノリティっていう意味で。その影響かもしれない」

「でも、愛情深く育てられたっていうのはよく分かるよ。羨ましいな」

真澄のほうを見て、sideburn は唇の片端をかすかに上げた。

「僕は自分の名前が大っ嫌いだから」

sideburn の本名を訊いてみたいと思ったが、教えてくれないことは、からかうような目つきから分かった。改札を抜けた先で、sideburn とは別れた。じゃあ、また。うん、また。片手を上げて、目当てのホームへと階段を上がる。最後のステップを踏んだとき、電車がホームに滑り込んでくるのが見えた。


夕食を食べ終えるとすぐに自室に入り、パソコンを起動した。唸るような音と共に、画面が明るくなる。階下では、両親の笑い声が響いていた。揃って仕事の山を越えたらしく、ソファに並んでテレビを観ているのだ。悠希はまだ帰宅していない。今日も遅くなるようだ。顔を合わせない日々が続いているが、勤労感謝の日のプレゼントは無事に完成したと、二日前にメッセージは受け取っていた。

ペイントソフトを起ち上げて、液晶ペンタブレットのペンを握る。昨日の落書きが思いがけず気に入り、色を着けることにしたのだった。描いているのは、耳にサザンカの花を差した、思春期ごろの子どものバストアップだ。近所の花屋でサザンカの盆栽を見つけて、閃いた。花びらと唇の色を限りなく近づけ、植物と人間がどことなく融合しているような雰囲気を目指している。頬にも花に使ったピンクを薄く滲《にじ》ませることで、全体に統一感を加えた。

プロ意識に欠けるよね。

数時間前に言われたsideburnの言葉がよみがえる。sideburnの気持ちは嬉しく、また、自虐的だった己の言動を反省もした。だが、親の稼ぎに甘えてイラストを描く時間を増やすことが本当に腹を括ることになるのか、どうしても分からない。もし実際に決行すれば、生活費のみならず、交際費や交通費、本や服を買うときのお金まで、いちいち親にねだることになる。本当にそれでいいのだろうか。また、イラストに行き詰まっているときには、芦原書店に出勤することが気分転換にもなっていた。店長の鈴木やアルバイト仲間とくだらない話をしたり、嬉しそうに本を買う客の顔を見たり。人心地つくことができた。

本屋の正社員か、専業イラストレーターか。

人物の髪を塗り終えて、最後にサザンカの雄《お》しべと雌《め》しべを着色した。画竜点睛《がりょうてんせい》のように、人物の目に光を与えて完成とする人もいるらしいが、真澄は花の中央部分を描き込んでから、最終調整に移ることが多い。直径を細くしたブラシツールで幾度も黄色い線を引き、雄しべを立体的に表現していく。それに囲まれている雌しべは黄緑がかっていて、先端がみっつに分かれていた。

好きな花はなにかと、ときどき訊かれる。ひとつには到底絞れず、両性花は全部好きだと答えると、大抵はぽかんとされた。両性花とは、ひとつの花に雄しべと雌しべの両方がついている花の種類の総称だ。対して、雄しべだけをもつ雄花、雌しべだけをもつ雌花と分かれているのが単性花で、このグループには、キュウリのように、ひとつの個体に雌花と雄花がどちらも咲く雌雄異花《しゆういか》と、銀杏のように株からして雌雄が分かれている雌雄異株《いしゅ》がある。真澄は単性花にはあまり惹《ひ》かれなかった。

拡大表示していたイラストを縮小して、全体を確認する。静かに目を伏せた少年とも少女ともつかない横顔を、花びらをめいっぱいに広げたサザンカが華やかに彩っている。人物に比べて植物が随分と写実的になってしまったが、この、今にも匂い立ちそうな雰囲気は嫌いではない。真澄はそのままデータを上書き保存した。

ここ数年の勤労感謝の日は、自宅から徒歩十分の、住宅街にぽつんとあるイタリアンレストランを利用している。両親も真澄も酒を飲むため、全員で歩いて帰れる立地が重宝されていた。八月に二十歳を迎えた悠希は、今年は自分もワインを飲みたいと騒いでいる。すでにかなりの酒飲みらしい。

去年と同じ、この店で唯一の個室に真澄たちは案内された。白いクロスの掛かったテーブルを、一輪の赤黒いバラがシックに飾っている。秋バラだろうか。初夏に開花する種よりも、今の時季に見ごろを迎える小ぶりで色味の濃いバラのほうが、真澄の好みだった。

「恵さん、寛さん。今年も一年、お疲れさまでした」

「お疲れさまー」

「はーい、毎年どうもありがとう」

「二人とも、今年もありがとうね」

真澄の掛け声を合図に、四人で乾杯した。さっそくテーブルに運ばれてきた前菜の盛り合わせをつつきながら、自分の近況や芸能ニュース、政治に経済の話まで、それぞれ思いつくままに喋った。悠希が高校を卒業してからは、家族揃って夕食を摂る機会はほぼなくなった。そのぶん全員が集まったときは、一秒も沈黙が訪れない。これほど会話が盛り上がる家族もいないと、店のスタッフに感心されたこともあった。

「先々週は、みんなに本当にお世話になって……。翻訳の仕事を始めて三十年近く経つけど、今回こそは絶対に間に合わないと思った。一週間、締め切りを勘違いしていたなんてへまをしたのは、さすがに初めて。カレンダーにはちゃんと書いてあったのに、なあんでこんなことになっちゃったんだろう」

「恵さんさ、老眼が始まってるんじゃない？　それで、カレンダーの文字がよく読めなかったとか」

「ちょっとお。私が老眼なら、寛さんだって老眼でしょう。三歳しか変わらないんだから」

「このみっつが大きいんだよ。僕はまだ大丈夫。校正刷りも問題なく読めてるからね。このあいだも校閲《こうえつ》さんが見逃した写真のキャプションの誤字に、僕が若手より先に気づいたんだから」

二人の顔はすでに赤らんでいた。どちらもメニューが書かれた紙を両手で広げて、相手に視力検査の真似ごとを迫っている。恵さんも寛さんも声が大きいよ、と呆れている悠希の隣で、真澄は黙ってワイングラスを傾けた。年齢を重ねても仲睦《なかむつ》まじい両親に、素直な羨ましさを感じていた。

真澄と悠希からのプレゼントは、去年と同様に、ドルチェが運ばれてきたタイミングで渡した。

「こっちが恵さん」

ファッションブランドのロゴの入った大きな紙袋から、悠希は深緑の包みを取り出した。

「で、こっちが寛さん」

今度は山吹色だ。それぞれの好きな色を包装紙に選んだらしい。粗雑なようで、悠希にはこういうまめなところがある。洗濯ものを干す際に、誰よりもきちんと皺を伸ばし、形が崩れないよう気をつけてハンガーに掛けるのは、悠希だ。包みを受け取った二人は、なにかな、と目を輝かせて、同時に封を開けた。

「うわあ、これ、ロングスカート？　私に？　すっごく素敵。悠希が作ってくれたの？」

「恵さんには、こういう大柄が似合いそうだな、と思って」

先に歓声を上げたのは、恵介だった。おもむろに立ち上がり、チノパンの上からスカートを合わせて、その場で一回転する。薄めの生地がしゃらりと揺れた。赤、青、黄と、原色がふんだんに使われた大胆な模様は、身長百八十センチ超、その上、体格がいい恵介に、よく似合っている。真澄と悠希は小さく拍手をした。恵介はアイドルのように胸の前で片手を振って、最後にピースサインを決めた。

「あ、僕はシャツだ。うわあ、格好いいし、可愛いね。すごくいいよ、これ」

今度は寛子が喜ぶ番だった。光沢のある布で縫われた白いシャツを両手で広げ、細部を確認しながらいちいち感嘆している。襟と袖周りのステッチはオレンジで、小ぶりなボタンはひとつひとつデザインが異なった。襟の裏地は、恵介のスカートに使われている布と同じものだ。それに気づいたとき、恵介と寛子は手を取り合ってはしゃいだ。

「悠希はもうこんなものを作れるの？　お店が開けるね」

「そしたら、僕、毎日通うよ。会社の子にも宣伝する」

「あのねえ、お店っていうのは、そんなに簡単に開けるものじゃないの。そりゃあ、いずれは挑戦してみたいけど……。あ、この前、採寸の練習に協力してほしいってお願いしたのは、二人のサイズを知るための嘘だったんだ。騙してごめんね」

首をすくめるように頭を下げた悠希に、寛子が、

「おかしいとは思ったんだ。採寸の練習なんて、一年生がやることだよなあって」

「やっぱり寛さんには怪しまれてたか」

「えー、私、全然分からなかった。寛さん、すごーい」

「あの、さ」

真澄が声をかけると、三人は揃ってこちらを向いた。

「自分で言うことじゃないかもしれないけど、材料費は僕が出してるから。一応そのへんも考えてもらえると、ありがたいです」

「まっすーってば、慎《つつし》みを知らないなあ」

悠希はにやりと笑った。だが、シャツのボタンをアンティークにしたり、スカートの布の一部を染め直したりして、渡した二万円はほぼ使い切られたのだ。多少は自己主張をしないと、やっていられなかった。

「もちろん分かってるよ。こんなにあれこれ揃えるお金が、悠希にあるわけないからね」

恵介が笑顔で頷く。寛子も目を細めた。

「そうだよ。ありがとね、真澄」

「どういたしまして。二人とも、本当に似合ってるよ」

恵介と寛子は手の中のプレゼントにもう一度視線を落とした。愛らしい生きものを見つ

めているような眼差しに、自分と悠希が生まれたときにも、二人はこんな顔をしていたのではないかとふと思う。細かい泡が胸の内側で弾けるようなくすぐったさを覚えた。

恵介と寛子は戸籍上の性別と、自認している性別とのあいだにずれがある。男性器を身体に備えた恵介は、己のことを女性に近い人間だと捉えていて、女性器を持つ寛子は、自分のことを男性的だと感じていた。日常生活をスムーズに送るために、二人は外では身体に合わせた行動をとっている。恵介は髪こそ長く伸ばしているものの、スカートやワンピースは家の中でしか着ない。寛子が僕という一人称で話すのも、家族の前だけだ。平日は薄づきながらもメイクをして、会社に出勤していた。

それでも、人の秘密に鼻の利く人間は、どこにでもいる。小学一年生の夏、真澄は近所に住むクラスメイトから、おまえの親ってオカマとオナべなの？　と訊かれた。嘲笑《あざわら》うような表情だった。その質問をそのまま二人にぶつけたことを、真澄はいまだに悔やんでいる。恵介は両目から涙を流し、寛子は頬を紅潮させて怒った。恵介が子どものときに、女みたいだとひどいいじめにあっていたこと、寛子が女子のグループで居心地悪い思いをしていたこと、身体と心の性が完全に一致するとは限らないこと。二人は長年抱えていた苦しみについて、おそらくほんの一部を真澄に初めて打ち明けた。我が子に中性的な名前をつけたのも、貼りつけられる性別のレッテルの数をなるべく少なくしたかったかららしい。子どもが自分の性について悩むことになったとき、名前を足かせに思ってほしくなかった、とも言われた。

「ねえ、寛さん。私たちってば全然ちゃんとした親じゃなかったのに、二人ともよくも立派に育ったよね」

「来年の四月には悠希も社会人か。早いなあ」

頰に片手を当てて、寛子がしみじみと息を吐く。本当にねえ、と、その隣で恵介も感嘆の声を漏らした。

「二人とも、なに言ってるの？　認識が甘いよ。就活はこれからなんだから」

悠希はティラミスを勇ましく山盛りにすくった。わざわざテイクアウトで買いに来る客がいるほど、この店のティラミスは評判が高い。それを大口を開けて頰張ると、悠希は口の端にココアの粉をつけたまま眼力を強くした。

「私は本気で志望している企業にしか行かないつもりだから、ちゃんと就職できるかどうか分からないよ。採用担当の人ってさ、本当に就活生のセンスを見てるのかな。結局は面接で感じのいい子が採用されるんじゃない？　会社の言うことを聞きそうな子とか、人に媚びられる子とか。だとしたら、私、めちゃくちゃ不利だよね」

センスさえ見てもらえたら受かると言わんばかりの自信に真澄は呆れたが、希望の企業に採用されれば、この妹はきっと寝る間を惜しんで働き、服飾の道でそれなりの成果を出すのだろう。恵介と寛子もティラミスを口に運び、悠希なら大丈夫だよ、と微笑む。真澄はグラスにわずかに残っていたワインを飲み干した。

「悠希はアパレル関係以外の仕事をしたいと思ったことは、今までに一度もないの？」

真澄の問いに、ない、と悠希は即答した。

「服のほかには好きなものも、興味があることもない」

「本当に迷いがないよね。羨ましいよ」

書店員とイラストレーターのあいだで、真澄はまだ揺れていた。ひとつのことに夢中に、一途《いちず》に、一心不乱になれない。好きだと思っていることに関しても、リスクや体面を気にしてしまう。褒められては喜び、人から求められないと、やっている意味がないと思えてきて、簡単にやる気を失った。恵介にとっての翻訳、寛子にとっての編集業、悠希にとっての服、sideburnにとってのイラスト、芦原にとっての、芦原書店の名前を世に残すこと。そういう、なにもかもをかなぐり捨てて突っ走れるものが、自分には、ない。

「僕はなにかを選ぶのが苦手だから」

「だったら、選ばないことを選べばいいんだよ」

恵介が眉を上げて言った。献立《こんだて》にアドバイスするような気楽な口調だ。持っている側には分からないと、真澄は首を横に振った。

「それって、選んでるのと同じじゃない？　矛盾してる」

「そんなことないよ」

「それに……選ぶのから逃げるのって、格好悪くない？」

「全然格好悪くないよ。選ばないのは、決めつけないってことでもあるんだから」

不思議な重みのある声に誘われて、真澄は正面に向き直った。寛子がデザートスプーンをテーブルに置いて、こちらを見つめていた。

「僕は自分のことを男性に近い人間だと思っていたけど、世間にカムアウトしたり戸籍の性別を変更したりする道は選ばずに、恵さんと結婚して、子どもを産むことにした。これっておいしいとこ取りだよな、とか、中途半端だな、と考えたこともあったし、実際に人から言われたこともある。社会を変えるためにも、もっとはっきりさせたほうがいい、とかね。でも、あるとき思ったんだ。こうしなければだめだと考えるのは、性別の型に自分をねじ込んでいるのと同じじゃないのかって。だとしたら、女性としての価値観を押しつけられてうんざりしていたころと、なにも変わらない」

二人が仕事をきっかけに出会ったことは知っている。だが、交際が始まった経緯や、子どもを作ろうと決めたいきさつについては聞いていなかった。まだまだ知らないことばかりだ。いつか聞けるときは来るだろうか。テーブルに置かれた寛子の手に、恵介が自分の手を重ねる。真澄の隣では、悠希も神妙に話を聞いているようだ。そんな気配を感じた。

「いまだに自分が父親か母親かはよく分からないけど、どちらの気持ちも、どちらでもない気持ちも楽しめるから、僕の人生は最高だよ」

うん、と応えたつもりが声にならない。真澄はとっさに顔を逸らし、一輪挿しのバラに目を向けた。静脈を切ったときににじむ血のような色の花びらは分厚く重なり、中央部分は固く守られているかのように閉ざされている。しかし、その奥には密集した雄しべと雌しべがあることを、真澄は知っている。以前、イラストのモチーフに使用した際、必要に駆られて分解したのだ。ひとつの花が雄でもあり、雌でもある。どちらか片方ではないから、両性花が好きだった。

「それを言うなら、私の人生も最高だよ」

「つまり、僕と結婚できてよかったってことだね」

「寛さんだって、私と結婚できてよかったよね?」

じゃれ合い始めた両親を横目に、真澄もティラミスを食べる。濃厚なチーズのクリームと、ほろほろのビスキュイから染み出るエスプレッソの風味が口いっぱいに広がっていく。甘くてほろ苦い、複雑かつ豪華な味わいを、真澄はしっかり堪能した。

ラストシューズ

白野真澄は、水がふつふつと沸騰《ふっとう》する鍋底を見つめている。

艶消し加工の施されたミルクパンは、新婚のころにデパートで購入したものだ。同じブランドのヤカンと迷い、しかし、当時暮らしていたアパートはキッチンの収納が小さくて、フライパンと重ねてしまえるこちらにした。子どもが生まれたら、これでホットミルクやホットココアを作ることもあるかもしれない。そんな想像をしていたが、結局その用途には電子レンジを頼るばかりで、ミルクパンが湯を沸《わ》かし続けて三十年が経つ。一部は焦げつき、一部は鼈甲《べっこう》色に変化しながらも、いまだ現役だった。

鳥のくちばしのようにとがった口から湯を注ぐと、ふたつのマグカップに闇が広がった。昨今の技術はすごい。ノンカフェインのコーヒーも、普通のコーヒーと香りに大差がない。片方にはミルクを入れて、リビングに運んだ。

「あー、だめだめ。こっちだと駿《しゅん》の手が届いちゃう。ダイニングテーブルに置いておいて。飲みたいときにそっちに行くから」

歩子《あゆこ》に言われて慌てて引き返した。確かにこの家に到着してまず、駿平《しゅんぺい》はリビングのローテーブルに摑まり立ちをして自慢げに笑ってみせた。今は歩子の足のあいだに座って、クマのぬいぐるみの鼻を一心不乱にしゃぶっている。カーペットに投げ出された脚は白く滑らかで、しっかり太かった。

「歩き始めるのが早いのも大変ね」

遅くて心配するよりはいいかもしれないけど、と付け足して、真澄は自分のぶんのコーヒーに口をつけた。味もカフェインレスとは思えない。昔飲んだノンアルコールビールがあまりに不味《まず》かったことから、この手の飲料には猜疑心《さいぎしん》を抱いていたが、歩子の妊娠と出産を経て、真澄の認識もだいぶ改まっていた。

「そうだよ。今、家の中の大事なものを、上のほう上のほうに片づけてる。テレビのリモコンもキッチンのカウンターに移動させてさ、チャンネルを替えるのが面倒くさくって仕方がないよ」

「まさか九ヶ月で歩き出すなんてね。運動神経のよさは北村《きたむら》家の遺伝かな」

「まあ、辰彦《たつひこ》の血筋だろうね。私じゃないことは確かだよ」

歩子は大きく口を開けて笑った。真澄も駿平の傍らに腰を下ろして、あなたのママは残念ながらおばあちゃんに似ちゃったのよ、と話しかける。駿平はクマの鼻を口から外して、ぽかんとした顔で真澄を見上げた。細く開けた掃《は》き出し窓からは秋風が吹き込み、レース地のカーテンを揺らしている。重力に逆らって撥《は》ねている駿平の髪も、同じリズムでそよいでいた。

「辰彦は駿と一緒にサッカーがやりたいって、今から張り切ってるよ。地域のサッカークラブを調べたりしてる」

「子育てに協力的でなによりじゃない。ああ、そうだ。そんな未来のサッカー選手の駿くんに、おばあちゃんからプレゼントです」

真澄は立ち上がり、ソファの裏からケーキが二ピース入るくらいの小箱を取り出した。なにこれなにこれ、と目を輝かせながら、歩子がそれを受け取る。

「駿、なんだろね。開けてみようね」

歩子は爪の先できれいにテープを剝がして、深緑色の包装紙を開いた。こういう細かい性格は、宏造《こうぞう》にそっくりだ。指摘すれば不機嫌になるのは目に見えていて、真澄はこっそり苦笑した。

「わー、なにこれー。小《ち》っちゃーい。可愛いー」

中から現れた紺色の革靴に、歩子は悲鳴にも似た歓声を上げた。ステッチと紐《ひも》の色は白で、靴底には滑り止めシートがついている。おとぎ話に登場する小人が履いていそうなデザインだ。母親の甲高い声に目を丸くした駿平を、真澄は膝に乗せた。

「それ、私が作ったの」

堪えようと思っていても、口もとが自慢げに緩むのを止められない。

「えっ、お母さんが？」

「って言っても、キットを使ったんだけど。ファーストシューズを簡単に組み立てられるものがあるって、ネットで偶然見かけたの。針と糸もついてきて、革には針を通す穴が空いているから、二時間くらいでできちゃった」

「それはお母さんが器用だからだよ。私には無理だな」

「本当は一歳の誕生日にあげるつもりだったんだけど、それだと遅いと思って」

二月になれば駿平は、今のように数歩をたどたどしくではなく、まとまった距離を立派に歩くようになっているだろう。そうなったら、きちんとしたメーカーの、足首まで包んでくれるスニーカーを履かせたほうがいい。

「これは家の中で履かせて、靴の感触に慣れさせるのに使って。初めて履かせる靴があまりにしっかりしたものだと、嫌がって泣いちゃう子もいるから」

「そんなことがあるの？」

「そりゃあそうよ。今まで裸足《はだし》で身軽に暮らしていたのに、急によく分からないものに足を包まれて、重いし苦しいし、嫌でしょう。歩くのを一時的にやめちゃう子もいるって聞いたことがあるわ」

「なるほどねえ」

「これからも靴だけは安易に値段で選ばないでよ。身体を支えているのは、なんと言っても足なんだから。特に子どもはまだ身体が出来上がっていないから、粗悪品を履き続けると、姿勢や運動能力にもよくないわ」
「出たよ、お母さんの口癖。足が身体を支えてる。靴を履きつぶすなんてこと、一度もなかったし」

まあ、そのおかげで、私も靴だけは贅沢《ぜいたく》させてもらってたんだけどね。

駿、くっくだよ、くっく履こうか、と、歩子はさっそくファーストシューズを手に持った。駿平は特に抵抗することもなく、靴に押し込まれていく自分の足を眉をひそめて見つめている。涎《よだれ》に濡れた唇から、あうー、と小さな声が漏れた。

六歳の誕生日に、ハイカラだった母方の祖父から真っ赤なエナメルシューズをもらった。以来、真澄は服飾類の中でも靴が一番好きだ。中流家庭に育ち、ハイブランドの商品は雑誌やショーウィンドウ越しに眺めるばかりだったが、自分の小遣いや給料が許す範囲でいろんな靴を買った。大学を卒業後、中堅のスポーツシューズメーカーに就職したのも、靴への愛が根底にある。夫の白野宏造ともここで知り合った。

「あ、平気そう。サイズもちょうどいいね」
「この前、家にお邪魔したときに、こっそり測っておいたの」

歩子は埼玉のマンションに住んでいて、東京の外れに建つこの家とは電車で一時間ほど離れている。頻繁に行けるほど近くはないが、遠すぎるということもない。互いに理由を見つけて、月に一度は顔を合わせていた。

「そうだったんだ。全然気づかなかった。ありがとね」

歩子は礼を言って立ち上がり、間続きのダイニングに移動した。真澄がテーブルに置いたマグカップを手に取って、吐息交じりに口をつける。それから、やにわに玄関のほうに目を向けた。

「お父さんさあ、怪我《けが》でもしたの？」

「どうして？」

「玄関にランニングシューズがあったから。二駅手前で電車を降りて、走って家に帰ってくるっていうやつ、ついにやめたの？」

「ああ、違う違う。新しいシューズを買ったの。来月の大会でそれを履きたいらしくて、最近はそっちを通勤用のリュックに入れていってる」

真澄の答えに歩子は苦笑した。

「そうだよね、お父さんが走るのをやめるわけがないもんね」

呆れたように薄い唇が引き攣《つ》るその表情は、宏造が真澄を諭すときの顔によく似ていた。

なあ、経理の仕事を続けたところでなにになるんだ。卵焼きっていうのは、甘いのが普通だろう。おかえりなさいって俺や歩子を迎えるのは、主婦であるまっちゃんの役目じゃないか——。

「で、その来月の大会はどこまで行くの？」

歩子に問われて我に返り、真澄は東北の街の名前を口にした。

「また遠いところまで……。お母さんも一緒に行くんでしょう？」

「まあね」

宏造が市民マラソン大会に出るときは、電車の切符から宿の予約、エントリーの手配まで、すべて真澄が請け負っている。宏造は機械類にめっぽう弱い。テレビの録画もできないのだ。真澄のほうがパソコンを使えるため、宏造の代わりにネットショップでランニング用品を購入することもあった。

「一人で行かせればいいのに。自分の趣味に関することくらい自分でさせたほうがいいよ」

宏造がランニングを始めたのは、十二年前、歩子が高校生のころのこと。大学でスポーツ科学を専攻していた宏造は、もとは自分の身体を動かすよりも、試合を観るほうが好きだった。それが、ファンだったマラソン選手とランニングシューズを制作したのをきっかけに、運動不足の解消を兼ねて走るようになり、そのまま加速度的に夢中になった。歩子と辰彦の結婚式は、宏造がどうしても出場したい大会があったために第一希望の日程を外され、駿平が生まれた日も、トレーニングは休めないと、面会もそこそこに家に帰っていった。宏造の思考や生活の中心には、もうずっとランニングがある。

「今更変われないでしょう。お父さんも、あと一年で還暦よ」

「そうかもしれないけど」

「それに――」

たぶんこれで最後だから、と、なるべくさりげない口調で言おうとしたとき、あっ、と歩子が声を上げた。視線の先を辿る。駿平が靴でカーペットを踏み締めながら、身体を左右に揺らすようにして歩いている。

「お母さんが選んだ靴、本当に駿の足にぴったりだったね」

あんよは上手、と歩子は目を細めて拍手を送った。

「あー、懐かしい。生まれて初めての靴かあ。張り切って外国の可愛いデザインの靴を買ったのに、嶺《りょう》の奴、全然履かなくて、あれはもったいなかったな」

段ボール箱に服を詰める手を止め、佳寿子《かずこ》は天井を仰いだ。いつもは真っ赤な佳寿子の唇が、今日はリップクリームも塗られていないらしく、少しひび割れているのが見て取れる。ファンデーションも薄づきのようで、染みと小皺の浮き出た肌に、一昨日で店が終わったことを真澄は改めて思い知った。

「結局、その靴はどうしたんですか？　まだとってあります？」

什器《じゅうき》を解体しながら佳寿子に尋ねた。五十六歳の肉体には応える作業だが、組み立て式の家具の作製や解体は、家でも真澄が担当している。宏造は不器用で、しかも説明書の類を読みたがらない。真澄は慣れた手つきでネジを取り外した。

「あー、知り合いにあげちゃったような気がする。大事にしまっておけばよかったわねえ」

「全然履いてくれなかったことも、今となっては思い出ですよね」

「本当にねえ」

佳寿子は真澄がスポーツシューズメーカーに勤めていたころの先輩だ。ほぼ同時期に出産し、同じ街に越してきたことで、急速に仲良くなった。お茶汲みのような雑務が大半でも、靴を製造する会社に勤められたことが嬉しく、真澄は結婚後も仕事を続けるつもりだった。しかし、新婚生活が始まるや否や、これからは女性も社会に進出する時代だという意見を宏造はあっさり翻し、共働きは世間体が悪い、夫婦が同じ会社にいては周りも仕事がやりにくい、一日も早く子どもを産んでほしいと真澄に退職を迫った。育児休暇に関する法律が、まだこの国で制定される前のことだった。

歩子を産んだことに後悔はないが、仕事を辞めなかった人生については、子育て中もたびたび夢想していた。十年前、佳寿子が婦人服店デイジーをオープンする際に、経理や事務を任せたいと声をかけてくれたのは、真澄のそんな思いを知っていたからだ。歩子も大学に入り、帰宅の遅い日々が続いていた。妻の稼ぎがなくても、と渋る宏造を、家事の手は抜かない、あなたが帰ってきたときには家にいるようにする、と必死に説得して、真澄は二十四年ぶりに社会に進出したのだった。

「ものがなくなると、オープンしたばかりのころを思い出すわ。こんなに広かったんだ」

佳寿子が店内を見回して呟く。八畳に満たなかったはずの売り場面積が、今はやけに広く感じられる。

「水漏れのときは大変でしたね」

「あれはねえ。服が濡れなかったのが奇跡よ」

この店は賃貸マンションの一階の、テナントを借りて営業していた。七、八年前に、上の階の風呂場で水漏れが発生して、朝、出勤すると店の一角に水たまりができていたことがあった。そのことを思い出し、二人は顔を見合わせて笑った。

「十年、あっという間でしたね」

「もっともっと続けるつもりだったんだけど、真澄ちゃんにも迷惑かけちゃったわね」

「そんなことないです」

真澄は首を強く振って否定した。佳寿子の夫が病院に運ばれたのは、一ヶ月前のことだ。佳寿子は詳細を語ろうとしないが、短くはない闘病生活に寄り添うことを覚悟したようで、ある日の営業終了後、店を閉めることにした、と、妙にさっぱりした声音で告げられた。最後の給料には色をつけると言われたが、それはその場で断った。外に出るきっかけをくれたこと、家以外の居場所を与えてくれたことに、佳寿子には心の底から感謝していた。

「真澄ちゃんは、もう本当に働く気はないの？　真澄ちゃんみたいにパソコンを使えて経理ができる人なら、知り合いの経営者に当たってみることもできるけど」

頭に浮かんだ言葉を口にしようか迷って、結局、のんびりしますよ、と答えた。これから夫の闘いを支える佳寿子に、自分のせいで、と不要な負い目は与えたくなかった。

「なんだかもったいないわねえ」

「そう言ってもらえるだけで嬉しいです」

三十年前に会社をやめるときには、誰もそんなことを言ってくれなかった。経理部の女性社員は、いくらでも替えの利く存在だった。じわりと視界がぼやけて、喉の奥が苦しくなる。汗を拭いているふりをして、シャツの袖で目もとを押さえた。

「真澄ちゃん」

「はい」

泣いていることに気づかれたかと、一瞬、どきりとする。佳寿子は朗らかに微笑んだ。

「店はなくなっちゃったけど、これからも同じ街で暮らしていくんだから、ときどきは会ってランチでもしましょうね」

自分を見つめる佳寿子の瞳は、秋の日差しをふんだんに取り込んで、とても明るい。同僚だったころから無邪気で人が好く、年上に感じられない瞬間が多々あった。この目を曇《くも》らせたくない。なごやかに、穏やかに別れたい。ぜひ誘ってください、と真澄は視線を逸らさずに応えた。

宏造は毎朝、テレビのニュース番組を観ながらパジャマを脱ぎ、真澄がソファの背もたれに重ねておいた着替えを上から順に身に着けていく。宏造がスーツのズボンを穿いてワイシャツのボタンに手をかけたときが、ご飯と味噌汁を器によそうタイミングだ。真澄は炊飯器を開けて、もうもうと立ち上る湯気の中にしゃもじを突っ込んだ。

外では口数の少ない宏造も、真澄相手にはよく喋る。ニュースにしかめっ面でコメントしたり、自分のランニングの調子を語ったり。真澄は大半を聞き流しているが、妻の生返事を宏造が気にしたことはない。自分が話したいだけで、相手の反応は求めていないのだ。

テレビ画面が天気予報に切り替わったところで、そういえば、と宏造が箸を止めた。

「来週の金曜日に飲み会が入った。山崎《やまざき》の送別会だと。どこで働いたって、最初の数年は苦労するだろうに、最近の若い奴は本当に堪え性がないな」

「そう。夕食は？」

答えは分かっていたが、念のために尋ねた。

「もちろん家で食べる。一杯だけ飲んで、なるべく早く帰るから」

「分かりました」

「今回の送別会は、山崎の同期が幹事なんだ。若いからなあ。あいつらの選ぶ店に、俺が食べるものなんてないだろ」

嘆くように言うと、宏造はテレビに向き直った。人付き合いが不得意な宏造は、会社の飲み会も苦手だ。加えて、居酒屋の料理は味が濃くて脂《あぶら》っこいと、ほとんど口にしない。飲み会から疲れた顔で帰宅するたび、やっぱり家で食べるのが一番だと宏造は言うが、それは自分が徹底的に彼の味覚に合わせているからだと真澄は思う。肉じゃがは甘辛く、おでんの汁は、できるだけ透明度が高くなるように。具材の切り方も火加減も、彼の好みに従っている。家の料理が一番になって、当然だ。

「じゃあ、いってくる」

「いってらっしゃい」

いつものように玄関で宏造を見送り、二メートル先の門が開閉したのを耳で確認して、ドアの鍵をかけた。外に出た瞬間に施錠《せじょう》されると、まるで追い出されたような気持ちになる。新婚のころにそう注意されて以来、鍵をかける間合いには気をつけていた。

皿を洗い、洗濯ものを干して掃除機をかける。デイジーが閉店して、今日で二週間。まだ慣れないのか、出勤時間が近づくにつれて落ち着かない気持ちになってくる。あそこで働き始めるまで自分がどんな一日を送っていたのか、まるで思い出せない。ただ、あのころは歩子がまだ家にいたから、それなりにやることがあったのだろう。夫婦二人ぶんの家事はあっという間に片づいた。

きれいになったリビングをぼんやりと見回したのち、真澄は二階の寝室に向かった。クローゼットから段ボール箱を引っ張り出して、中を覗く。この箱には、どうしても手放せないと思ったものを少しずつ詰めている。幼い歩子の奮闘が伝わってくる似顔絵に、大きくなった彼女が小遣いや給料をやりくりして買ってくれた雑貨類と、母方の祖母からもらった真珠のネックレス。その奥から、真澄は黄ばんだ紙の箱を取り出した。

両手で蓋《ふた》を開けて、花嫁のヴェールを扱うように薄紙をめくる。下から現れたのは、真っ黒なパンプスだった。鹿革を柔らかく起毛させた表面には濃淡が広がっていて、まるで星のない夜空のようだ。内側は艶のあるキャメル色で、光の加減によっては金色にも見える。がっちりと太いヒールでもエレガントな風格を損なわれないのは、この配色のおかげかもしれない。

宏造と結婚する直前に、一人でふらりと買いものに出かけて、細い路地の突き当たりにある小さな靴屋で購入した。いかにも高級品ばかりを扱っていそうな佇まいに、一度は入店を躊躇《ためら》ったが、気がついたときには臙脂《えんじ》色の分厚い絨毯《じゅうたん》を踏み締めて、スツールに腰を下ろしていた。店員は、口髭を生やした穏やかそうな紳士が一人きりで、彼が、フランスの老舗《しにせ》ブランドのものです、と、このパンプスを試着させてくれた瞬間、真澄は脳が痺《しび》れたようになった。

靴の中には、試着時には問題なかったにもかかわらず、購入した途端に、拷問具《ごうもんぐ》のように足を痛めつけてくる商品がある。つま先を締めつけてきたり、踵《かかと》に水ぶくれを作ったり。

しかし、せっかく買ったことを思うとなかなか見切りをつけられなくて、つい無理を押して履き続けてしまう。だが、このパンプスは違う。真澄は確信した。つま先を差し込んだときから、想像をはるかに超えて足に馴染んだ。骨や筋肉に寄り添うようだった。

給料二ヶ月ぶんを費やしたこの靴は、真澄にとって、人生でもっとも高価な買いものとなった。パンプスの片方を手に取り、指の腹で撫《な》でる。デイジーが閉店してからというもの、毎日これを眺めている。それまでは、除菌消臭スプレーを振りかけた箱に入れて、大切に保管していた。履いたあとの手入れはもちろん欠かさず、擦れて色が褪《あ》せた部分に補色剤を与えて、自ら回復させたこともあった。

温かみのある感触を堪能しているうちに、ふと、このまま足を通したい衝動に駆られた。パンプスは底をきれいに洗ってある。部屋を汚す心配はない。真澄はフローリングに手をついて立ち上がり、ゆっくりと足を入れた。視線の位置が一気に高くなり、まるで知らない場所に連れてこられたようだ。背筋が伸び、臀部がきゅっと上がったのが、鏡を見なくても分かった。

一歩、二歩と真澄は足を動かした。踵がフローリングに当たるたび、カツカツと音が鳴る。そのまま寝室をあとにして、階段を下りた。自分は今、靴で室内を歩いている。かすかな興奮と背徳感を胸に、家中を巡った。この靴で実際に外を歩いたことは、手の指で数えられるほどしかない。ヒールの六センチがプラスされると、真澄の身長は宏造に並ぶ。

彼がそれを嫌がるため、夫婦揃って出席するような場には一度も履いて行かなかった。

和室の畳《たたみ》も踏んだ。浴室にも入った。キッチンに踏み込み、水を一杯飲んでいたとき、リビングの隅で固定電話が鳴った。母親だ。非通知の番号を拒否する設定に変えてからというもの、セールス目当ての迷惑電話はめっきり減り、家の電話は母親専用機と化している。年寄りの頭では、携帯電話の番号は覚えられないらしい。

「はいはい」

電話台に駆け寄った。だが、液晶ディスプレイに表示されていたのは〈公衆電話〉の四文字で、真澄は思わず受話器に伸ばしかけていた手を止めた。誰だろう。実家からの着信ならば、〈有本《ありもと》〉と表示されるはずだ。警戒心をたっぷり含んだ声で、電話口に出た。

「もしもし」

「真澄？　私だけど」

明るすぎるほどに明るい母親の声が返ってきて、真澄は脱力した。

「お母さん？　どうしたの？　今、外にいるの？」

「久しぶりに服を買おうかと思ってデイジーに行ったんだけど、なあに、あそこ、閉店したの？　でも、よかった。家にはいるのね。だったら、今からそっちに行くわ」

真澄の返事を待たずに電話は切れた。どうしたのだろう。母親が住む実家はこの家と同じく都内にあるが、乗り換えが不便で、母親が遊びに来ることは滅多にない。なにより、あのはしゃいだ声。首を傾げながらグラスを洗おうとして、真澄は自分がまだパンプスを履いていることを思い出した。慌ててリビングに戻り、ソファに腰掛ける。それからパンプスの踵部分を掴み、ぐっと引き下ろした。

母親は、四十分後にやって来た。

「閉店したなら閉店したって教えてくれればよかったのに。佳寿子さんのぶんのお土産も持ってきちゃったわよ」

小ぶりの紙袋をふたつ上がり框に置いて、母親は大きく息を吐いた。暑いのか興奮しているのか、顔が赤らんでいる。真澄はとりあえずスリッパを勧めて、母親をリビングへ促した。紙袋は和菓子屋のもののようだ。袋の真ん中に筆文字の屋号が印刷されていた。

「悪いけど、冷たいお水を一杯もらえる？　今日は小春日和《こはるびより》ねえ。デイジーから歩いてきたら、汗掻いちゃった」

「もちろん構わないけど」

真澄は来客用の江戸切子のグラスに氷を入れて水を注ぎ、ソファにちょこんと腰を下ろしていた母親に手渡した。母親はそれをほぼ一息に空にした。真夏のビールのような飲みっぷりだった。

「あー、美味しい。生き返る」

「一体どうしたの？　珍しいじゃない、突然来るなんて」

言いながら、真澄は母親の全身にさりげなく目を向けた。どうしたの、と尋ねたいのは、急な訪問についてだけではない。母親は八割が白髪だった頭を明るい茶色に染めて、ツイードのツーピースを着込んでいた。あれは確か、この人の一張羅《いっちょうら》だったはずだ。化粧も念入りに施されて、チークと口は熟《う》れた桃の色だった。

「まあねえ、電話でもよかったんだけど、やっぱりねえ。真澄の顔を見て、直接言ったほうがいいような気がして」

「……うん」

「そんなに大層なことではないんだけど」

「うん」

しかし、母親は照れたようにハンカチで額を押さえるばかりで、なかなか本題に触れようとしない。少女のような表情を浮かべる母親に、真澄は次第に落ち着かない気分になった。コーヒーでも淹れようか、と告げて、キッチンに立つ。ミルクパンに水を入れて、火にかけた。

「私ね」

母親はソファに座ったまま、少しだけ声を張り上げた。

「うん」

「離婚することにした」

「ええっ」

真澄は顔を上げた。数メートルは離れているはずの母親の姿が、ズームで迫ってくるようだ。反射的に目を瞬《また》き、額に手を当てる。母親は膝の上に手を重ねて、幸福そうに微笑んでいた。

「実はね、もう家は出たの。あとはお父さんが離婚届に判子を押してくれたら、全部おしまい」

まるで童話の締めの言葉のように、母親は、おしまい、と口にした。

「いつ？　いつ家を出たの？　今、どこに住んでるのよ」

コーヒーどころではない。真澄はコンロの火を消して、母親の隣に腰を下ろした。気持ちを落ち着かせようと母親の腕を摑んで、その細さに狼狽《ろうばい》する。母親が間もなく喜寿を迎えようとしていることを、急に思い知らされたような気がした。

「家を出たのは、二週間前かしら。シニア向けの単身マンションを買ったのよ。二十四時間、看護師さんが常駐していて、もちろん介護サービスもついているわ。共用部にはカラオケや足湯もあってね、食堂に行けば、いつでもご飯が食べられるのよ」

「そういうマンションがあることは、私も知ってる。でも、急にまたどうして……」

「昔からのお友だちが五、六年前からそこに暮らしていてね、ずっと話は聞いていたの。

一人で気ままに暮らしながら、なにかあったときにはプロの介護を受けられる。まさに理想の生活ね、なんて言っていたら、マンションに空き部屋が出たわよって、お友だちが連絡をくれて」

「お金はどうしたの？　高かったでしょう」

嫌な質問だと思いながらも、目を逸らすことができずに尋ねた。

「山戸《やまと》の母が亡くなったときの遺産を、ぱあっと使ったわ」

山戸は母親の旧姓だ。母親の父、つまり真澄の祖父は、歩子が生まれてすぐに亡くなり、祖母のほうは十五年前に他界した。都内の人気エリアに建っていた母親の実家は売りに出されて、兄妹三人で分けても、それなりの財産になったと聞いている。それにしても、と真澄はため息を吐いた。

「事前に一言くらい相談してほしかったわ」

「真澄がそんなに驚くとは思わなかった。だって、ずっと言ってくれていたじゃない。お父さんとは別れたほうがいいって」

そうだ。確かに母親には幾度となく離婚を勧めてきた。お母さんがこっそり泣いているところはもう見たくない、新聞配達でもなんでもして、私がお母さんを支えるから、と。

同居の姑《しゅうとめ》には盛大にいびられ、夫と息子には召使いのように扱われる。長男とは絶対に結婚しないと真澄が決めていたのは、そんな母親を見て育ったからだ。宏造は次男で、中学一年生のときに母親を病気で亡くしている。本人には口が裂けても言えないが、それが結婚を後押ししたことは否定できなかった。

「でも、どうして今になって？」

父方の祖母は、五年前に九十五歳で他界している。祖母が病院や介護施設を頑《かたく》なに拒んだため、彼女の世話は母親が自宅で引き受けていた。真澄もデイジーの休みを縫って何度か手伝いに行ったが、認知症を患っていた祖母は、二十六年間一緒に暮らしていた孫娘のことを徐々に忘れていき、真澄に触れられると泣いて暴れるようになった。一方で、どんなふうに記憶の糸がもつれたのか、真澄の母親のことは実母だと思い込むようになり、味が濃すぎると味噌汁をひっかけたこともある嫁にべたべたと甘える光景は、真澄の目には異様に映った。

「もう一杯、お水をもらってもいい？」

真澄は江戸切子のグラスにおかわりを注いだ。

「今年もお盆に、お父さんと二人で有本家のお墓参りに行ったの。お父さんはああいう人だから、私がお墓をきれいに掃除してね、それはいつものことだから、全然なんとも思わなかったんだけど。そのときに、ふと言われたのよね」

「うん」

「ここはおまえの墓でもあるんだからなって」

母親はゆるゆるとグラスに口をつけた。

「そんなことはね、ちゃんと分かっていましたよ。有本家のお墓に入る覚悟で結婚したんだから。でも、お父さんのその言葉を聞いたときに、思っちゃったの。お義母さんやお父さんと同じお墓に入るのは、絶対に嫌だって。私の骨は、ここには入れてほしくないって」

真澄は返す言葉が見つからなかった。五十年以上にも及ぶ地獄のような生活を耐え抜いた今だからこそ、許せないことがある。母親の言葉の重みに圧倒されていた。

「離婚して、私は苗字を山戸に戻します。私が死んだら、山戸家のお墓に入れてちょうだい。お父さんと別れなくても山戸のお墓には入れるみたいだけれど、そのほうが筋が通っていていいでしょう」

「お母さんの考えは分かった……けど、お父さんと孝史《たかし》はなんて言ってるの?」

孝史は真澄の弟だ。男尊女卑かつ長男信仰的思想の祖母と父親によってすっかり横暴に育てられ、仲がよかったときは一瞬もないと言える。互いに結婚してからは、冠婚葬祭《かんこんそうさい》の場でしか顔を合わせていなかった。

「孝史には近々電話で報告しようと思っているけれど、まあ、お父さんの肩を持つでしょうね」

母親はあっさり答えた。長年親父の給料で暮らしておいて、よくそんな決断ができるな、と電話口で激昂《げっこう》する孝史が容易に想像されて、真澄は呻《うめ》き声を漏らした。

「お父さんは、別れたくないって言ってるわ。でも、そのうち折れるでしょう。周りの目をなにより気にする人だから、妻にしがみついてるみたいな状況は、あの人のプライドが許さないと思う」

そうだね、と真澄は頷いた。自分が妻に捨てられたことを、あの父親は断じて受け入れないだろう。なにかのタイミングで離婚届を提出して、自分が妻を見限ったのだと周囲に吹聴して回らなければ、気が済まないはずだ。

「ここが、私が今住んでいるところ。今度、歩《あゆ》ちゃんと駿ちゃんと一緒に遊びにいらっしゃい。お友だちにも紹介したいわ」

と言ってマンションのパンフレットを手渡すと、話したいことは全部話したし、お暇《いとま》するわ、と母親は立ち上がった。今来たばかりじゃない、と真澄は引き留めたが、早く帰って友だちとフラダンスの練習をすると言う。マンションの住民で結成されているフラダンスサークルに入会したらしい。真澄は最寄り駅まで母親を送ることにした。道中、母親はマンション暮らしについて喋り続けた。常に顔に影が差していたような母親は、もういない。この人も快活に笑うことができたのだと、真澄はなによりもそのことに驚いた。

改札の前で手を振り合って別れた。帰り道、真澄の頭の中では母親との会話が幾度となく再生された。母親が家を出た。旧姓に戻すと言った。孝史はまだ知らない。父親は拒否している。秋は日暮れが早く、道行く人の顔は暗がりに包まれている。自分のものとは思えない細長い影を見つめながら、真澄は黙々と足を動かした。

私ね、離婚することにした。

それ、私の台詞《せりふ》、と思った。

いつから宏造と別れることを考えていたのか、真澄自身も分からない。歩子が辰彦と結婚したときか、それとも、ランニングウェアのサイズを間違えて注文して、仕事だったら許されないミスだぞ、と怒られたときか。確かなのは、出産した歩子が、『なまえじてん～子どもの幸せな未来のために～』を引きながら、北村に合う子どもの名前を考えているのを見たときに、もう白野の苗字に未練はないと思ったことだ。デイジーの閉店を告げられた際には、この街に居続ける理由はもうないと、はっきり感じた。

離婚したあかつきには、実家に戻るつもりだった。宏造との結婚が決まったときに、なにかあったらいつでも帰っておいで、と母親から囁かれたことを、真澄はずっと覚えていた。母親の老後も支えたかった。もちろん、家にさえ住まわせてもらえればそれ以上親に金銭的な負担をかける気はなく、実家近辺でなにがしかのパートは始めるつもりだった。財産分与のことを調べてデイジーの給料も貯金していたのだ。となると、自分は十年以上も昔から、宏造と別れることを視野に入れていたのかもしれない。

右隣から宏造の寝息が聞こえる。健やかな音だ。ランニングを始める前はときどきいびきを掻いていたが、体重が落ちたことで、気道が広がったらしい。夢の中でも走っているのか、時折腕がぱたぱたと動いた。東北の街で行われる市民マラソン大会は、二週間後だ。この大会が終わったあとに、宏造には離婚話を切り出そうと思っていた。

しかし、母親のいない実家に、果たして自分は戻れるだろうか。真澄が高校三年生のときには、どうして女を大学に行かせる必要があるんだと仏頂面《ぶっちょうづら》で言い放ち、歩子が駿平を産んだときには、でかした男か、と叫んだあの父親と二人で暮らす。無理だ、と真っ先に思う。だが、正社員の就職口は、自分にはまず望めない。真澄ちゃんなら、と佳寿子は言ってくれたが、自分はもう五十六歳なのだ。

ここまで考えてはっとした。両親の離婚が成立して、母親の苗字が山戸になったとき、それでも自分は有本姓に戻りたいと思うだろうか。有本真澄の名前に愛着こそあるものの、母親以外の有本の人間は好きではない。年に数回しか会えなかった山戸の祖父母のほうが、遥《はる》かに自分を可愛がってくれた。母親のいない有本家の墓にこそ、絶対に入りたくない。母親が山戸に戻るなら、自分も山戸になりたかった。

掛け布団を顎の下まで引き上げて、無理やりに目を閉じる。布団に入ったときには夜の十時を過ぎていたから、とっくに日付は変わっている頃合いだ。しかし、瞼の裏側ではマーブル模様が盛んにうごめいていて、当分眠れそうになかった。

「あ、そうだ。なあ、ランニング用のサングラスがじきにだめになりそうなんだ。今と同じものを注文しておいてくれ」

朝食後、ネクタイを結んでいた宏造が唐突に言った。ダイニングテーブルの上を片づけていた真澄は、茶碗を摑もうとしていた手を止めて、リビングを振り返る。宏造は俯き姿勢のまま、顔を上げずに続けた。

「今度は間違えるなよ。メーカーと型番、分かってるよな？」

ランニングウェアのサイズを間違えて注文したのは、五年以上も前のことだ。まだ言われるのか、と思いながら、

「前に注文したときの履歴がまだ残ってると思う。それを見て頼んでおくわ」

と、真澄は答えた。

宏造が出勤すると、真澄はさっそく老眼鏡をかけて、ダイニングテーブルにノートパソコンを広げた。ランニング用品専門のオンラインショップに接続し、購入履歴を確認する。サングラス以外にも、シューズにウエストポーチにネックウォーマーと、宏造に言われて注文した商品がずらりと表示された。宏造にとって、パソコンはまさに魔法の道具だろう。真澄に向かって呪文を唱えれば、望んだものが手に入るのだ。

サングラスの購入手続きが終わったとき、洗濯機の脱水が終わった。いつも以上に手早く干して、部屋に掃除機をかける。今日こそ実家に行くと決めたのだ。家を出たと母親に

聞かされて、明日で一週間。一人残された父親の暮らしぶりを一度はこの目で見ておかなければいけない気がしていたが、いざ出かけようと玄関に立つと、今日も気持ちが怯《ひる》むのを感じた。父親と一対一で顔を合わせるなど、相当久しぶりのことだ。そして、この対面が素敵な思い出にならないことは明らかだった。

やっぱりやめよう。

リビングに引き返そうとしたそのとき、真澄の頭にあの黒いパンプスが浮かんだ。骨を包み込むような履き心地と、いつまでも聞いていたくなるような靴音。真澄は階段を上がり、クローゼットの段ボール箱から紙箱を取り出した。寝室の床に左右のパンプスを並べて、足を差し込む。もう大丈夫。これで、どこにでも行ける。玄関に下りてドアを開けた。

平日の昼の電車は空いていた。窓から生ぬるい陽気が差し込み、車内の空気は停滞していた。慣れた足取りで三度乗り換え、地元の駅で降りる。開発が進み、真澄が暮らしていたころに比べて雰囲気は垢《あか》抜けたが、その一方で、昔から変わらないビルや店もある。少女時代の自分の影を目で追いながら、バス乗り場に向かった。

バスに十分揺られて辿り着いた実家は、外観は今までと変わらなかった。雨染みの目立つブロック塀に、錆《さ》びて塗料の剝がれた鉄門。隙間から見える庭は、雑草こそ伸びているものの、荒れている印象は受けない。父親が草むしりをしている光景が脳裏を過ぎり、慌てて首を振った。きっと、この家を出る直前まで、母親が世話をしていたのだろう。

真澄はハンドバッグの内ポケットから鍵を取り出した。なにかあったときのため、と言われて、いまだに持っている。チャイムを鳴らすか迷ったが、来客の対応は妻の役目と思い込んでいる父親に、居留守を使われる可能性があった。鍵を回すと、ささやかな手応えが手に流れ込んできた。

「お父さん、いるんでしょう」

真澄だけど、と続けようとしたとき、廊下の奥から人影が飛び出してきた。

「君枝《きみえ》っ」

一瞬、誰か判別できなかった。予想を遙かに上回るスピードで、父親は汚れていた。シャツは皺だらけで、胸のあたりに食べこぼしの染みがあり、ボタンもひとつ外れている。肌と髪は脂ぎっていて、見開かれた目には目やにがくっついていた。まともに風呂に入っていないのかもしれない。すえたような臭いもする。母親がいなくなって、まだたったの三週間だ。真澄は啞然《あぜん》とした。

「なんだ、おまえか」

真澄の顔を認めると、声がよく似てるな、と父親はばつの悪そうな表情になった。君枝は母親の名前だ。母親が帰ってきたと思ったらしい。

「母さんなら……あれだ。出かけていて、今いないぞ」

「大丈夫。帰ってくるまで待つから」

「いや、ほら、旅行中なんだ、友だちと。だから、今日は帰ってこない」

母親が友だちと食事に行くことすらほとんど許可しなかったくせに、なにが旅行だ。真澄は鼻で笑いたくなった。

「とにかく、上がらせてもらいます」

父親の返事を待たずに靴を脱いだ。うっすら埃の積もった玄関に、真澄のパンプスが場違いな光を放つ。それに勇気づけられて、真澄は廊下を進んだ。床もざらついている。この三週間、一度も掃除機をかけていないのだろう。実家のこんな惨状を目にするのは初めてで、真澄は自分の顔が強張っていくのが分かった。

居間に足を踏み入れたとき、真澄の顔は限界まで引き攣った。

「なにこれ。どういうこと」

父親のプライドを刺激しない話し方を心がけることも忘れて、真澄は声を上げた。卓袱《ちゃぶ》台《だい》の上にも周りにも、ゴミや衣服がたっぷり放置されている。まともに畳んでいない新聞紙から、丸めたティッシュペーパー、空になった食品の容器に、使用済みと思われる下着まで。点けっぱなしのテレビはワイドショーを映して、二匹のハエは舞い踊るようにあたりを飛び回っていた。臭いはいよいよ強くなり、空気が黄色に染まったように感じる。真澄は鼻の下に手を当てた。

「母さんが留守にしてるものだから、こんな状態でな」

父親はくぐもった口調で応えた。一応、異様な状況だということは自覚しているらしい。それでも特に片づける素振りは見せず、自分の定位置である座椅子にどっしりと腰を下ろして、テレビに視線を向けた。一匹のハエが父親の頭に止まる。毛髪をなぞるようなハエの動きを目で追ううちに、真澄は視界が揺らいでいくのを感じた。この惨《みじ》めな男は誰だろう。疑問が生じると同時に、別の男の姿がそこにゆっくりと重なっていく。彼のことは、父親よりもよく知っている。彼の未来が、今、眼前に横たわっている。

「おい、お茶」

父親の一言で、真澄の視界はピントを取り戻した。

「えっ」

「熱いお茶が飲みたい。それから、せっかく来たんだ。片づけていってくれ。洗濯ものも溜まっていてな」

父親の視線はいまだテレビ画面に固定されていた。

「こういうときに頼りになるのは、やっぱり実の娘だな。孝史では役に立たないし、孝史の嫁にお願いするのも気が引ける。娘がいてよかったよ」

これは、父親なりの感謝の言葉なのだ。頼りになる。娘がいてよかった。今までに一度だって言われたことはない。分かっているからこそ、頭の奥でなにかが切れた。

「嫌です」

「なに？」

「自分のことは、自分でやって」

父親がようやくこちらを向く。真澄の発言が理解できないのか、顔にまだ怒りの色はない。半開きの口からは黄ばんだ歯が見えた。自分のことは自分でやって、私は便利な道具じゃない、と真澄は繰り返した。

「おまえ……誰に大学まで出してもらったと思ってるんだ」

「確かに学費はお父さんのお給料から出してもらいました。でも、お父さんを仕事ができる状態に整えてくれていたのは、ほかでもない、お母さんでしょう。部屋を見回してみたら、そのことがよく分かるんじゃないの？」

垢でくすんでいた父親の顔は、見る間に赤黒くなった。弛《たる》んだ首の肉が震えている。真澄は正面から父親の顔を見つめた。濁《にご》った白目、無精髭、飛び出した鼻毛。それが単なる無精の表れではなく、いなくなった母親に対する当てつけのように思えて、無性に腹が立った。

「さっさと離婚届に判を押して、お母さんを解放してあげて。お母さんにこれ以上しがみつかないで」

父親が卓袱台に手をついて立ち上がる。殴る気か、それとも蹴るつもりか。しかし、彼にかつての俊敏さはない。真澄は玄関に走った。パンプスに足を突っ込み、外に出る。バスを待つ気分にはなれなくて、駅の方角に歩いた。火照《ほて》った肌に秋の風が心地よい。大股で歩いても、パンプスは少しもぐらつかず、まるで自分の一部のようだ。身体を支えているのはなんと言っても足で、その足を守っているのが、靴。だから、靴は大切なのだ。思えば、サイズの合わない靴ばかり履かせられてきた。有本家の貞淑《ていしゅく》な娘であること。仕事を辞めて、白野家の良妻賢母になること。白野の苗字を脱ぎたい。しかし、有本ももう履きたくない。数日前にインターネットで調べて、自分が山戸になるには相当の手間と時間がかかることは理解していた。宏造と離婚すれば、戸籍上の姓は有本に戻る。その際にできるのは、離婚の際に称していた氏を称する届という書類を提出して、引き続き白野姓を名乗るかどうかを選ぶことだけだった。

足の形に添わない靴を履き続けることは、ひどく苦しい。悔しいのは、そういう辛さがあることを、父親や宏造が微塵《みじん》も理解していないことだ。私ばっかり、と呟き、真澄は角を曲がる。道の先に駅が現れた。

歯ブラシを口に咥《くわ》えたまま、宏造はテレビ画面を凝視している。天気予報は昨晩も念入りにチェックしていて、たった数時間ではそんなに変わらないだろうと真澄は思うが、ウインドブレーカーやタイツを着用して走るか、雨具はウエストポーチに入れるのかなど、こまごまとした決断を迫られている宏造には重要事項のようだ。液晶画面に視線を注ぐ目は真剣だった。

レース会場のあるこの東北の街には、昨日の午後四時過ぎに到着した。ホテルにチェックインするや否や、会場の下見を兼ねて軽く走ってくると言い放ち、宏造はホテルを飛び出した。彼が全国の市民マラソン大会にエントリーするようになって久しいが、観光スポットには一度も立ち寄ったことがない。生ものや揚げものは食あたりや胃もたれの可能性があると、名物もほとんど食べられなかった。

やはり今日は快晴で、気温も上昇するようだ。予定どおりに半袖と半ズボンで行く、と宏造は宣言した。

「分かった」

真澄は旅行鞄からランニングウェアの上下を取り出した。それを、帽子やティッシュペーパー、絆創膏《ばんそうこう》などと一緒に、宏造のリュックサックに詰めていく。今日の宏造は、八時半ごろに会場で受付を済ませて更衣室で着替えたのち、リュックサックを預ける予定になっていた。

宏造が洗面所で口をゆすいで戻ってきた。チェックアウトまでには余裕があると踏んだらしく、ベッドに腰を下ろして、天気予報に続いて始まったスポーツニュースを眺めている。肌艶がよく、顔に無駄な肉がついていない宏造は、横顔が特に若い。短く刈り込んだ髪の毛は、白髪こそ目立つものの、薄くはなっていないようだ。この人は出会ったころからなにも変わっていないのかもしれない。そんなことを考えていると、宏造がこちらに顔の正面を向けた。

「荷物は準備できたか?」

「あとはランニングシューズだけよ」

「ちゃんと新しいほうを持ってきてくれたよな? 先月買った、黄緑色のほう」

「大丈夫。これでしょう?」

真澄はベッドの下に、一足のランニングシューズを置いた。ああ、それだ、と、宏造が満足げに頷いて、テレビに視線を戻そうとしたとき、

「私、あなたと離婚したい」

と、真澄は言った。宏造はかすかに眉根を寄せた。

「なにを言い出すんだ、突然。どんな不満があるのかは知らないが、今する話じゃないだろう。俺は今から、四十二キロ走るんだぞ」

「今だから言うのよ。私は本気です」

ビジネスホテルの清潔な空間に、真澄の落ち着いた声が広がる。真澄は旅行鞄のポケットから離婚届を取り出した。恭《うやうや》しく広げたそれの、妻の欄はすでに埋まっている。左半分の白さが目に染みるようだった。

「まさかほかに男でもできたのか?」

真澄が思いつきや気まぐれで言っているわけではないことに、宏造はようやく気づいたようだ。目に見えて焦り始めた。瞬きの回数が増えて、声が上擦る。そんなわけないでしょう、と真澄はぴしゃりと答えた。

「私を召使いのように扱うあなたとは、これ以上一緒にいたくないだけ」

「まっちゃんが召使いだなんて、俺は一瞬だって考えたこともないよ。そんな理由では納得できない。嫌だよ。まっちゃんと別れるなんて」

宏造の目の縁はすっかり赤くなっていた。彼の気が意外と弱いことを、三十年連れ添った真澄はよく理解している。甘えん坊で寂しがり屋で、なにひとつ身の回りのことができない男なのだ。そんな人間が、この先一人で暮らしていけるはずがない。宏造の答えは想定していたとおりのものだった。

「それなら条件があるわ。まずは、私の話を真剣に聞く場を設けること。それと、もうひとつ」

「なんだ」

怯えた目で尋ねた宏造に、真澄は旅行鞄からランニングシューズをもう一足取り出して見せた。デザインは、先に置かれたものとまったく同じ。ただし、こちらのほうが汚れていない。底も真っ白で、新品そのものだ。これは？　と、宏造が独り言のように呟いた。

「あなたが普段履いているものより、一センチ小さいランニングシューズよ。今日の大会は、これを履いて走ってちょうだい」

「なんでそんなことを？　今日のマラソンと離婚の話は関係ないだろう」

「私の中ではあるの」

惨めで汚い父親に宏造の姿が重なったとき、彼がこうなることを自分は望んでいないと真澄は思った。確かに宏造は、真澄がよき妻、よき母であることを強く求めたが、それが彼の生い立ちに関係していることを真澄は知っていた。早くに母親を亡くした宏造は、自分の理想の家庭を築きたがった。一家の大黒柱である夫と、夫や子どもを献身的にケアする妻。ほっとする家庭の味と、常に誰かが自分を待っていてくれる家。そんな望みを抱える宏造を、愛おしく感じていたころもあったのだ。

彼が別れを拒んだら、自分はそれを受け入れる。ただし、自分がどれほど窮屈な思いを味わってきたのか、一度でいいから思い知らせたい。そんな考えから、真澄はインターネット通販でこのランニングシューズを購入した。届くまでの数日間は、待ち遠しくて堪らなかった。

「これを履いて走ってくれないのなら、宏造さんにも離婚の意思があると見なして、私は今すぐ家に帰ります。そして、荷物をまとめて家を出ます」

「どこに行くつもりだ。まさか有本の家に戻るのか？」

真澄が父親を嫌っていることは、宏造も分かっている。真澄は静かに首を横に振った。

「だったら、歩子のところか?」

「私は自分が行きたいところに行く。それだけよ」

真澄は緩やかに微笑んだ。宏造の喉が上下する。唾を呑み込んだようだ。隣室の宿泊客がセットしたものか、壁の向こうでアラームが鳴り始めた。まるで時限爆弾の秒針の音のように、アラームは時の流れを加速させていく。さあ、決断を迫るときだと叫んでいる。

「ねえ、宏造さん。どうする? どっちを履いてレースに出る?」

身体の横に垂れ下がっていた腕がぴくんと動いて、より新しいほうのランニングシューズに伸ばされた。節くれ立った指が、まだ一回も人間の足を通したことのない履き口に触れる。その様子を、真澄は甘やかな気持ちで見つめている。

砂に、足跡

白野真澄は、下り階段に向かって大声を張り上げている。

「ホトケさま、いらっしゃいますか？　ホトケさま、四名さまー」

二階に続く薄暗い階段は洞《ほら》のようだ。天井や壁に反響しながら、真澄の呼び声は闇に溶けていく。返事はない。どこがホトケだ、ふざけとる、と踊り場に貼られたビールのポスターを睨みつけ、真澄は店の入口に引き返した。順番を待っている数人の客が、唇の端に笑いを滲ませてこちらを見ているのが分かる。真澄は慌てて顔に作り笑いを浮かべて、ウエイティングシートに書かれた〈ホトケ〉の三文字に三角印をつけた。

「ホトケさまがいらっしゃらないようですので、次のマツハシさま。マツハシさま、三名さまはいらっしゃいますか？」

「あ、はーい」

待合席の隅で、社会人らしき男性三人組がのろのろと起立した。必要以上に伸ばされた返事が、耳にまとわりつくようだ。こちらです、と席に案内しながら、この店にも受付を管理する機械が入ってくれればいいのに、と真澄は思った。席が空くのを待っている客は大抵空腹で、気が立っている。そこに現れるホール係の若い女の子は、彼らにとってちょうどいいカモだ。からかわれたり八つ当たりをされたりすることは、決して珍しくない。だが、愛知の片隅でしか展開されていないこの居酒屋チェーンにそんな予算がないことは、単なる学生アルバイトにすぎない真澄にも分かっていた。

キッチンカウンターで本日のお通しを受け取り、五番卓に運ぶ。客から受けた注文を手元の機械に入力し、キッチンへ戻る途中、今度はパントリーで呼び止められて、生ビールを八番卓に提供した。以前は片手にひとつずつしか持てなかったジョッキも、今ではふたつずつ運ぶことができる。その後も同僚と協力しながら料理を出し、客が帰ったテーブルをきれいにして、客席のあいだを歩き回った。

片づいたテーブルに新規客を通そうと、真澄がふたたびウエイティングシートの前に立ったときだった。お姉さん、俺たち飛ばされたみたいなんだけど、と、サングラスの男に話しかけられた。彼の後ろには、男一人と女二人が気怠そうに立っている。あ、ホトケさまですか？　と真澄は反射的に尋ねた。

「へー、本当に言うんだ」

「ウケるね」

男たちの陰で、女二人が顔を見合わせて笑う。あんたたちの連れが書いたんじゃん、と

反論したいのをぐっと堪えて、

「先ほどお呼びしたのですが、いらっしゃらなかったようなので」

「ビルの外に出て、煙草《たばこ》吸ってたの。ちゃんと呼びに来てくれないと困るら」

「すみません、三階のこのフロアまではお声がけすることになっていますが、あいにく外までは――」

「えー、そんな注意事項、どこかに書いてあった？　ないら？」

サングラスの男は軽く気色《けしき》ばんだ。仲間の手前、引けなくなっているようだ。だが、こういうときの対応も、真澄はすでに心得ている。だからこそ、順番待ちの客を捌《さば》くこの役を頻繁に任されるのだ。真澄は大袈裟に眉を下げると、揃えた指先でウエイティングシートの上部を柔らかく指し示した。

「はい、実はこちらに――」

さすがのサングラス男も分が悪いと踏んだようだ。そういうのはもっと分かりやすく書いてくれんと、と口ごもり始めた彼に、そうですよね、店長に伝えておきます、と返して、真澄はこの話題にさりげなくピリオドを打った。真澄がここで働き始めたのは、一年半前の春だ。服にコスメに昼ご飯に、大学生活にはおそろしく金がかかることに気づき、人生初のアルバイトに挑戦することを決めた。最初は客に呼ばれてもとっさに返事ができず、酔っ払いの醜態にもいちいちうんざりしていたが、どちらにもすぐに慣れた。このごろは店長から、就職するぎりぎりまで続けてほしいと言われていた。

サングラス男たちを空いた席に通し、またネズミのようにちょこまかとテーブルのあいだを動き回っているうちに、深夜零時の閉店時間を迎えた。掃除や片づけなどのクローズ作業を済ませて、同じくホール係の紗英《さえ》と共に女子更衣室に向かう。紗英とは年齢やこの店で働き始めた時期が同じで、同僚の中ではもっとも気が合った。

「あー、どうしよう。面倒くさいなー」

鞄から取り出した自分のスマートフォンを一瞥《いちべつ》して、紗英は唸るように呟いた。

「どうしたの？　また将人《まさと》から？」

「そう。バイトが終わったら、うちに来《こ》りんって言うじゃんね。嫌だなー、今日は自分のベッドで寝たかったのに」

「断れば？」

「断ったら文句言われるだもん。機嫌を取るほうが面倒だで、ちょっと行ってくるわ」

紗英の恋人の将人は、この店の近所で一人暮らしをしている。付き合い始めた直後は、今晩は彼氏の家にお泊まりなんですー、俺は男として、自分の彼女がこんな時間に一人で帰ることを認めるわけにはいかんって、彼に言われてー、と、とろけそうな笑顔で先輩たちに話していたが、このごろは将人の話題になるたび、紗英の眉間には皺が寄った。

「ねえ」

紗英は乱暴な手つきで制服を脱ぎながら、真澄に拗《す》ねたような視線を向けた。

「なに？」

「どうしたら彼氏と長く付き合えるの？　私、半年くらい付き合うと、相手の嫌なところばかりが見えてくるじゃんね。真澄は拓郎《たくろう》と中学生のときから続いとるだら？　しかも、付き合い始める前には友だちだった期間もあるだよね？」

「そうだね。友だちだった彼に、中学校の卒業式の日に告白されて、それから四年半は続いとるね」

手鏡を覗き込み、乱れた髪の毛を手櫛で整えて、真澄は答えた。六時間前に出勤してから一度も直せなかったメイクは、汗でかなり崩れている。もう帰るだけだと頭では分かっていても、ぬらぬら光る額が気になった。真澄は脂性肌だ。ポーチからあぶらとり紙を出し、顔の皮脂《ひし》を軽く押さえた。

「長続きさせるコツは？」

「んー、相手になにもかも求めんことじゃない？　その人には絶対に叶えられんことがあるって、心のどこかで諦めておいたほうが楽だでね」

少し考えて真澄は答えた。

「なにそれ、深い」

「全然深くないら」

「いやいや、まじで偉人の名言だら。就活が始まって、面接官に尊敬する人は誰かって訊かれたら、私、白野真澄ですって答えるでね」

「言ったな？　約束だでね」

二人できゃいきゃい騒いでいるうちに、将人から催促《さいそく》のメッセージが届いたようだ。あー、もうっ、と盛大なため息を吐くと、紗英は手早く着替えを完了させて、お先に失礼します、と更衣室を飛び出していった。紗英はいつも慌ただしいねえ、と、姿見を見ていた先輩がのんびりした口調で呟く。ですよね、と相槌を打ちつつ、真澄も帰り支度を終えて更衣室を出た。

キッチンを覗くと、店長はちょうど食材の在庫を確認しているところだった。巨大な銀色の冷蔵庫に顔を突っ込み、クリップボードに挟んだ紙になにやら書きつけている。真澄はその背中に、

「店長、例のやつ、今日もありますか？」

と尋ねた。

「ああ、例のやつね。そっちの冷蔵庫に入れてあるで、持って行っていいよ。でも、本当にちょっとしかないけど、いいの？」

「大丈夫です。プチ海鮮丼みたいにして食べるんで」

「今晩中に食べ切っちゃってね」

「はーい」

真澄は冷蔵庫からラップに包まれた刺身の切れ端を取り出し、鞄に入れた。大手の居酒屋チェーンでアルバイトをしている友人は、廃棄が決定している食品も絶対に持ち帰れないと言っていた。この緩さは、地元企業ならではなのだろう。店長に挨拶を済ませて、従業員用の裏口から外に出た。階段を一階まで駆け下りて、駐輪場に停めておいた自転車に乗る。臀部に感じたサドルの冷たさに、ふと残暑の終わりを感じた。

深夜一時を過ぎた街は人気がなく、些細《ささい》な音も粒立って聞こえる。自動販売機が動いている音、遠くの道を車が通り過ぎる音、自転車のペダルが回転する音。アルバイト先から自宅までは、自転車で二十分ほど。真冬や雨の日は辛いが、澄んだ空気を裂いて進んでいく感じは嫌いではなかった。

自宅の前に着き、自転車にブレーキをかけた。片足を地面に着けて、サドルに跨がったまま生まれ育った家を見上げる。二階の和室に橙色の明かりが灯っていた。絆奈《はんな》は今夜も泣いているらしい。声が聞こえないのは、聡子《さとこ》が抱きかかえて懸命にあやしているからだろう。彼女のぼさぼさの髪と暗い目を思い浮かべて、真澄はペダルを再度漕ぎ出した。

数十秒後、真澄は小さな児童公園の中に自転車を停めた。幼いころに幾度となく遊んだ公園で、数年前に再塗装された滑り台が己の存在を主張するかのように立っている。

真澄は茂みの前にしゃがみ込むと、

「幸来《さら》、幸来ちゃん、ご飯だよー」

と小声で呼びかけた。ニャー、と、か細い声がして、幸来が木と木のあいだから姿を現した。真澄は鞄から刺身の切れ端を取り出し、ラップを開いて地面に置いた。真澄に慣れてきたのか、幸来はさほど匂いを嗅《か》ぐことなく刺身に口をつけた。幸来は三毛の子猫だ。一ヶ月前にこの公園で出会い、それからこうしてときどき餌《えさ》をやっている。名前は、家にあった、『なまえじてん〜子どもの幸せな未来のために〜』からつけた。なんでも、夢や希望をイメージした名前だそうだ。近所の人から、ミケちゃんとかタマちゃんと呼ばれているところも見たことがあるが、真澄にとっては幸来だった。

「美味しい？」

最初に見かけたときにはガリガリだった幸来も、このごろは随分と肉づきがよくなった。野良猫に餌をやってはいけないことは分かっていたが、真澄はいずれ幸来を飼いたいと思っている。ただ、今は無理だ。生後八ヶ月の絆奈の世話に追われて、聡子の神経は相当参っている。今朝も、真澄の父親が空になった茶碗を水につけなかったことに怒っていた。真澄もサプリメントを床に落として、すぐに拾ったにもかかわらず、絆奈が口に入れちゃったらどうするの、と叱責《しっせき》されたことがあった。

「猫はいいなあ」

真澄は手を伸ばして幸来の背を撫でた。聡子は父親の再婚相手だ。父親に紹介されたのは、真澄が小学三年生のときのこと。明るくて優しくてお洒落《しゃれ》な聡子のことが、真澄は大好きだった。一年半前、真澄の高校卒業をきっかけに二人が籍を入れたときには、心の底から喜んだ。数ヶ月後に妊娠を聞かされたときにはさすがに複雑な思いが胸を過ぎったが、それでも嬉しい気持ちは変わらなかった。

鞄の中でスマートフォンが震えている。一瞬、家からかもしれないと真澄は期待した。いつもより帰りが遅いことに父親か聡子が気づいて、心配してくれたのかもしれない。しかし、ディスプレイに表示されていたのは、拓郎の名前だった。真澄は荒々しく画面をタップした。

「もしもし?」

「真澄? どうした? 声、低くない? もしかして寝とった?」

「寝とらんよ。今日はバイトだって言ったじゃん。今、家に帰っとるところ」

「あ、そうか。ごめんよ、忘れとった。大丈夫? 自転車を漕ぎながら電話しとらん? 危ないで、それはやめりんよ」

「ちょうどコンビニから出たところだもんで、大丈夫」

野良猫を餌づけしていることを話せば、たぶん叱られるだろう。電車に乗れば高齢者や妊婦に席を譲り、フードコートで食事をした際には、ストローの袋まできっちりゴミを分別する。善良で、素直で、少し鈍感。それが拓郎という人間だった。

「それで、どうしたの？」

「あ、メッセージでもよかっただけど、再来週の水曜、うちの母ちゃんが誰かの送別会で遅くなるらしいじゃんね。姉ちゃんはバイトだし、父ちゃんも相変わらず忙しいし、たぶん夜の十一時くらいまで誰も帰ってこんと思う。だから、映画を観に行く予定はまた今度にして、うちに来りん」

「そうなんだ。分かった。じゃあ、大学が終わったら直接拓郎の家に行くね」

「待っとるで」

「うん。じゃあ、おやすみ」

「おやすみ、真澄」


「まなみちゃん、おはよう」

待ち合わせ場所に指定したコンビニエンスストアに着くと、目当ての車はすでに駐車場に停まっていた。慌てて駆け寄った真澄の姿を認めたらしく、琉生《りゅうせい》が運転席の窓を開け、爽やかに手を上げる。おはよう、と応えて、真澄はさっそく助手席に乗り込んだ。シートベルトを装着し、しかし、目深にかぶったキャップはまだ脱がない。自宅から徒歩五分のコンビニエンスストアだ。誰に見られているか分からなかった。

「今日のワンピースも似合ってるね」

「本当に？　ありがとう」

「もしかして、メイクも服に合わせてる？」

「琉生さん、よく分かったね」

今日の真澄は小花模様の真っ赤なマキシ丈ワンピースに、ライトグレーのパーカを重ねていた。キャップとリュックサックは黒で、ハイカットのスニーカーはベージュ。スポーティな雰囲気に合わせて、メイクもナチュラルふうに施した。ただし、ワンピースの赤に負けないよう、アイブロウと口紅は濃いめに。雑誌を熟読して考えた組み合わせだ。真澄は大学デビューを目指してメイクやファッションを勉強した口で、それまでは、眉毛を揃えることもジーンズの形に種類があることも分かっていなかった。人より出だしが遅かったと自覚しているぶん、褒められると嬉しかった。

「それは、まなみちゃんが可愛いからだよ。可愛くなかったら、こんなにしっかり見ないからね」

ぎゃあ、と真澄が胸中で叫ぶより早く、とりあえず出発するね、と琉生は車のエンジンをかけた。間もなく車は国道に合流し、真澄はようやくキャップを取った。細く開いた窓から入り込んだ風が、汗で張りついた前髪を優しく揺らす。カーステレオからは、琉生が好きだと言っていたアコースティックバンドの曲が小さく流れていた。完璧なデート。ふと、そんな言葉が頭を過ぎった。

「それにしても、晴れてよかったね」

フロントガラスから一瞬だけ空を仰ぎ、琉生が言った。半袖の白いシャツに、紺色のパンツが爽やかだ。髪型も無造作なようで、絶妙なバランスで毛束が作られているのが分かる。シャツの襟から伸びる首筋は白く、横から眺める鼻はすっきりと高い。涼しげな奥二重の目も緩やかにカールした睫毛《まつげ》も、テレビで見かける俳優のように整っていた。

「どうしたの？　急に黙っちゃって」

琉生がやにわに笑い出し、真澄は自分が相槌を打ち忘れていたことに気がついた。

「ううん、晴れて本当によかったなあと思って。雨だと、やっぱり歩きにくいの？」

「僕も雨の日に行ったことはないけど、砂が水を吸ってるわけだから、相当歩きづらいんじゃないかな」

「そっかあ」

琉生とは、二ヶ月前の七月に知り合った。真澄が働いている居酒屋に、彼が客として現れたのがきっかけだ。ウエイティングシートにあった、〈エンジョウジ〉という書き込みを見たときには、てっきりどこかのオタクが漫画かアニメのキャラクターを名乗ろうとしているものとばかり思った。ウエイティングシートに本名を記入しない客は、案外多い。店員をからかうために、〈カミ〉や〈ホトケ〉と書いたり、自分もそう呼ばれたいがために、好きな芸能人の苗字を綴ったり。あの場において、名前は単なる記号に過ぎないことを分かっているのか、皆、気軽に名前を偽る。

だから、三名でお待ちのエンジョウジさま、と呼びかけ、中年の男女と若い男の三人組が起立したときには驚いた。家族連れで偽名を使う客はほとんどいない。本名だったのか、と思った。その後、息子らしき男の顔立ちが異様に格好いいことに気づき、今度は衝撃を受けた。こんな人が地元にいたとは、とても信じられなかった。

エンジョウジ家のテーブルに飲みものや料理を運びながら、芸術に触れるような気持ちで彼の顔を盗み見た。一体どういう女の人が、この人と付き合えるのだろう。モデルか、女優か、社長令嬢か。男は見てくれだけでなく、箸の使い方や酒の飲み方にも品があった。彼の両親はハイブランドの鞄を持ち、見るからに値の張りそうな腕時計を身に着けていて、エンジョウジ家が裕福な経済環境にあることは間違いなかった。

三人の正体が明らかになったのは、会計のときだった。エンジョウジ家も東海地方で外食チェーンを経営していて、この店のオーナーとは、旧知の仲だと言う。オーナーに代わり、店長が夫妻と挨拶を交わしているあいだに、真澄は男からメモを渡された。隙を見つけて四つ折りにされた紙を開くと、そこには円城寺《えんじょうじ》琉生という名前と、メッセンジャーのIDが記されていた。

その三日後には、二人で夜景を見に行った。国道沿いのラブホテルで身体も重ねた。拓郎以外の男と二人きりで出掛けたり、セックスしたりするのは初めてだったが、自分でも驚くほど罪悪感は湧《わ》かなかった。どうせ遊ばれているだけなのだ。真澄の手にメモを滑り込ませる手つきはなめらかで、大学四年生にして、父親のものだという高級セダン車を自分の足のように乗り回している男。東京の企業に内定をもらい、来年三月には上京するとも言っていた。

「でも、まなみちゃんがあそこを知らなかったことにはびっくりしたなあ。小学生のときに、この地域の自然、みたいな授業で習わなかった？」

「習ってないと思うけどなあ」

「まあ、寺や神社と同じで、子どものときに学んでも、大して興味は持たないんだけどね。砂丘なんて、でっかい砂場みたいなものだから」

六歳までアメリカで暮らしていたという琉生の言葉に、訛《なま》りはない。つられて真澄の発音も、標準語に近くなる。二人の乗った車は、静岡の南西部に広がる砂丘へ向かっていた。ドライブの目的地を探していたときに、琉生から提案されたのだ。鳥取にある砂丘ほどは広くないらしいが、それでも日本三大砂丘のひとつには数えられていて、わりと見応えがあるよ、と琉生は言った。

「でっかい砂場かあ。楽しみだな」

「僕もまなみちゃんがびっくりする顔を早く見たいよ」

こちらに顔を向けて微笑むと、琉生は左手をハンドルから離し、真澄の膝をぽんと叩いた。ぎゃあ、と今度こそ叫びそうになるのを、真澄はなんとか堪える。こういう言動が様になるところがすごい。これが拓郎だったら、と想像しかけて、地味で呑気な顔を脳内から消去した。まなみと呼ばれているあいだは、拓郎のことを考えたくなかった。

約一時間後、車は砂丘の駐車場に到着した。真澄はふたたびキャップをかぶり、琉生と手を繋いで砂丘の入口を目指した。巨大な石で作られた看板の横を通り過ぎ、階段を上がる。あっ、と声が漏れた。舗装《ほそう》された道の先に、砂地が広がっている。反射的に足を速めたそばから、視界はみるみる灰褐色に塗り潰されていった。地面は風に揺らめく旗のようにあちこち隆起していて、真正面にあるはずの海は、その盛り上がった砂の向こう側に隠されて、よく見えない。ただ風が潮の香りを運んでいた。

「なにこれ、すごい。すごいね」

砂丘と言うより砂漠のようだ。雲ひとつない青空も、砂の上に落ちる影の濃さも、子どものころから抱いているエジプトのイメージそのままだった。予想外の砂丘の広さに、どうやら遠近感が狂い始めたらしく、さほど遠くは見えない人影が、まるで針山に刺したまち針のように小さく思えてくる。すごい、と、もう一度真澄は呟いた。

「こんなところが近場にあったなんて」

「面白いよね」

得意げに笑う琉生に促され、真澄は砂地に足を踏み出した。砂は細かく、空気を含んでいるためか、柔らかい。スニーカーの底から呑み込まれそうだ。砂に足を取られて転びそうになった真澄を、琉生が腕を伸ばしてすかさず支える。ありがとう、と真澄は言った。

「まなみちゃん、波打ち際まで行ってみようよ」

「行けるの？　行きたい」

必死で足を動かしているあいだに、身体が砂の上を歩くコツを摑んできたようだ。よろめく頻度が減って、スピードが上がる。途中で真澄はパーカを脱ぎ、腰に巻きつけた。強い日差しをふんだんに浴びて、全身が汗ばんでいた。メイクが崩れていないことを祈るばかりだ。メイクがよれたり落ちかかったりしている顔は、琉生には絶対に見せられない。

「あ、海だ」

太平洋だからと頭に思い描いていたよりも、さらに静かな海だった。波が押し寄せる音は地鳴りのように低く、足の裏に振動を感じる。白く砕けた波は、浜地に広がると、ビールをグラスに注いだときのような儚《はかな》い音を立てた。スニーカーが濡れないぎりぎりのラインを探りながら、真澄と琉生は海岸線を東に進んだ。遙か彼方に船が浮かんでいる。かなり大きいようだ。

「あれ、どこにいくんだろうね。外国かな」

「どうだろうね。まなみちゃんは、海は久しぶりなの？」

「小学生のときに、家族で海水浴に来て以来かな」

あのときは、父親と聡子と三人だった。聡子は水玉模様のワンピースの水着を着ていて、波が怖くて海に入れない真澄の砂遊びに長々と付き合ってくれた。聡子と海の家で分け合って食べたラーメンは、塩辛くて美味しかった。

「へえ。泳がなくても、友だちと来たりしない？　あとは、今日みたいに彼氏とドライブデートとか」

ない、と即答しそうになり、どうかなあ、と微笑でごまかした。拓郎は運転が苦手だ。安全を心がけて慎重になるあまり、後続車からクラクションを鳴らされたり、カーブをスムーズに曲がれなかったりする。一方の真澄はまだ免許を取得しておらず、ドライブデートに行く機会は、あっという間に消滅した。

「まなみちゃんって、モテそうだよね」

「えー、どうして？　そんなことないよ」

「モテる子は、みんなそういうふうに言うんだよ」

この人の目に映る自分は、ずっと華やかな道を歩いてきた人間の雰囲気をまとっているのかもしれない。そう思うと、線香花火にも似たささやかな喜びが胸のうちに湧き上がった。真澄は琉生の腕を取り、そろそろ戻ろう、私、お腹空いちゃった、と甘い声を出した。

琉生は腕時計に目を落として、

「あ、もう一時四十分か」

「琉生さんは、なにが食べたい？」

「僕はなんでもいいよ。まなみちゃんが食べたいものにしよう」

「じゃあ、高級フレンチ」

「なにそれ。わがままで漠然としたリクエストだね」

二人は手を繋ぎ直して、砂の斜面をまた登った。丘のてっぺんに辿り着いたとき、真澄は後ろを振り返った。自分と琉生の足跡は、早くも靴底の形が崩れていて、単なる丸い窪みのようだ。その上、ほかの来場者によってつけられた無数の丸に紛れて、瞬く間に見分けがつかなくなる。時折吹く風が、黒板消しのように砂地の表面をさらっていた。

「どうしたの？」

「どれが自分たちの足跡か、すぐに分からなくなっちゃうんだなあと思って」

青い空、果ての見えない海、砂漠のような砂丘と、自分と手を繋いでいる美しい顔立ちの男。今、目の前にあるものすべてが夢のようだ。現実感がまるでない。

琉生が繋いだ手に力を込めた。

「ねえ、まなみちゃん。風紋って知ってる？」

「風紋？」

「風が砂に描く模様のことだよ。ここの砂丘は風が強いことで有名で、前日の天候によってはその風紋が発生するんだ。僕は中学生のときに親に連れられて一度だけ見たことがあるんだけど、自然の芸術っていう感じで、すごくきれいだった」

「へえ、風紋。見てみたいな」

「また来ようよ、二人で。観測できそうな時期を調べて、誘うから」

「またここに来られるの？　二人で？」

「うん。次はまなみちゃんと一緒に見たいな」

具体的にいつ？　何月何日何時何分何十秒？　と訊いてみたい衝動を堪えて、真澄はにこやかに頷く。楽しみだな、と、琉生も目を細めて笑った。


下の名前を訊かれてまなみと答えたのは、琉生の母親が、自身の夫にマスミと呼ばれているのを聞いていたからだ。顔がどんなに好みでも、自分の母親と同じ名前のAV女優には絶対に欲情できない。アルバイト先の先輩がそう力説していたことを思い出し、真澄は偽名を使うことにした。琉生のような見目麗《みめうるわ》しい異性に声をかけられることは、この先二度とないかもしれない。そう考えたのだ。

本名も嫌いだった。真澄という名前は、幼いころに家を出て行った母親の大叔父《おじ》が有名野球選手から適当につけたと聞いている。その大叔父とはすでに交流がなく、真澄は野球に興味がない。大学デビューを果たしてからは、渋いね、と笑われる機会も多く、メッセンジャーのユーザー名にも白野としか登録していなかった。

一度、同じ時代を生きている同姓同名はいるのだろうかと、パソコンで検索したことがある。すると、イラストレーターのSNSアカウントが引っかかった。花をモチーフにした、どちらかというと暗い作風で、彼女もまた、野球には縁がないだろうと推察された。彼女は周りからどんなふうに呼ばれているのだろう。美術の成績で3以上をとったことのない真澄は、絵の得意な白野真澄がこの世に存在することに、パラレルワールドを覗き見たような気持ちになった。同じ名前にまったく違う人生が紐づいていることが、とにかく不思議だった。

「まなみちゃん……すごい。すごいね」

真澄を抱いている最中、琉生はやたらに名前を呼ぶ。彼がまなみと声を発するほど、真澄の内側に眠る記憶は砂丘につけた足跡のように薄れていく。自分をおんぶする父親の背中が広かったこと。聡子さんって呼んでくれたら嬉しいな、と聡子がはにかんだときのこと。初めて目にした生まれたての赤ん坊の小ささに衝撃を受けたことも、名前事典をめくる聡子の真剣な眼差しに息を呑んだことも、今、あの家が妹の名を呼ぶ父親と聡子の声に溢れていることも、なんだか遠くに感じられる。

「まなみちゃん、可愛いよ、まなみちゃん」

琉生の動きが激しくなる。今日の終わりが近づいている。真澄は琉生の背中に手を回し、均整の取れた肉体を強く抱きしめた。ラブホテルに入った直後にメイクは直したから、顔が近づくことに抵抗はない。琉生の声に切迫感がにじむ。一際大きくかすれた声が喉の奥から放たれる。

「まなみちゃんっ」

「真澄っ」

はっとして瞼を開くと、目の前を流れていた砂が消えた。ここはどこ、と考える間もなく、拓郎が両手に持ったアイスクリームのカップを突き出す。

「イチゴとチョコと、どっちがいい？」

拓郎はTシャツに下着という出で立ちで、首から白いタオルを掛けていた。彼の濡れた髪と血色のいい頰を見るともなく眺めているうちに、真澄はここが拓郎の部屋だということを思い出した。彼がシャワーを浴びているあいだにうとうとしていたようだ。チョコ、と答えてベッドから起き上がった。

「じゃあ、こっちだ。はい」

「ありがとね」

アイスとスプーンを受け取ったものの、さすがに全裸で食べるのは気が引けた。ローテーブルに一度置いて、くしゃくしゃに縒《よ》れた布団から、ブラジャーとパンツを引っ張り出す。どうせ拓郎はなにも思わないだろうと、デザインは上下ばらばらだ。メイクも汗で流れているような気がしたが、気恥ずかしさは感じなかった。素肌の上にパーカを羽織り、真澄はようやくアイスの蓋をめくった。

「昨日スーパーに寄ったら、これがちょうど一個九十八円だったじゃんね。懐かしいら？二人でよく帰り道に食べたなあと思って」

「そうだね、懐かしいね」

拓郎とは進んだ高校は違ったが、方向が同じで、しかもどちらも自転車通学だったため、待ち合わせて一緒に下校することが多かった。夏場は河川敷《かせんじき》のベンチに並んで座り、アイスを食べたりジュースを飲んだりした。コンビニエンスストアや自動販売機は高すぎると、二人でスーパーマーケットを歩き回り、特売品を発見しては盛り上がった。そんな些細なことが楽しかった。

「うー、美味しい」

「うん、美味しいね」

「ねえ、真澄。一口、交換しん？」

「いいよ」

「はい、じゃあイチゴをあげる」

拓郎は自分のぶんのアイスをスプーンですくうと、あーん、と真澄の口もとに向けた。真澄は唇を開いて、薄ピンク色のそれを受け入れる。大仰なイチゴの香りと、舌を覆うような強い甘み。真澄もチョコレートアイスをスプーンに載せて、拓郎に差し出した。だが、スプーンを口から引き抜くタイミングが早かったらしく、拓郎の剝き出しの腿に茶色の塊が落ちる。冷たっ、と拓郎が声を上げた。

「あっ、ごめん」

真澄はティッシュペーパーの箱を引っ摑み、中身を数枚抜き出した。びっくりした、と笑いながら、拓郎が自分の腿を拭う。真澄はしばらく彼のつむじを見下ろしていたが、やがてぼんやりと部屋を見回した。漫画の詰め込まれた本棚と、高校時代の教科書がまだ残っている学習机。ローテーブルの下に敷かれた黄緑色のラグも、上着の掛かったアルミ製のハンガーラックも、昔から変わっていない。自分はこれまでに何度ここを訪れただろう。中学時代は、友だち数人とよく遊びに来ていた。高校以降は、拓郎の家族の帰りが遅かったり留守だったりするたびに誘われて、今ではすっかり第二の自室だ。ティッシュペーパーの箱が置かれている場所も、電気のスイッチの位置も、暗闇の中でも触れられるほど熟知していた。

「どうしたの？　今日、なんかぼうっとしとるね」

腿を拭き終えた拓郎が、丸めたティッシュペーパーをゴミ箱に捨てながら尋ねた。

「ごめん、最近あんまり寝れんくて」

「なにかあったの？」

「この数日、絆奈の夜泣きが特にすごいじゃんね」

空になったアイスのカップとスプーンを拓郎に渡して、真澄はベッドに背中から倒れ込んだ。マットレスの中でスプリングが撥ねる。目を閉じると、人類すべてに怒り狂っているかのような絆奈の泣き声が耳もとによみがえった。父親と聡子と絆奈は二階の洋間を寝室にしていて、真澄は一階で寝起きしている。それでも、とても無視できないほどの声量だった。ミルクを作るために聡子が階段を上り下りする音も、幾度となく真澄の睡眠を打ち破った。

「夜中の一時過ぎにバイト先から帰ってきて、次の日に一限があったりすると、さすがにちょっときついじゃんね」

「ああ、それはきつそうだね」

ろくに眠っていないからか、一週間前に琉生と目にした砂丘の光景が脳裏にちらつくことがある。青空を背景に広がる砂地と、水平線を進む船。それに、つけたそばから崩れていく足跡。立っているだけで現実感が薄れていくあの感覚を、すぐにでもまた味わいたいと願う。

「聡子さんもぴりぴりしとるし、家にいても気が休まらんというか」

真澄は寝返りを打ち、シーツに顔を押しつけて小さく呻いた。拓郎もすぐ隣に寝転んだようだ。マットレスがふたたびたわみ、身体が上下に弾む。イチゴの甘ったるい匂いを鼻

孔に感じると同時に、

「それ、大丈夫なの？」

と、拓郎の心配そうな声がした。

「だから、大学が午後からのときは、午前中になるべく寝るようにしとる。絆奈は朝のほうが機嫌がいいじゃんね」

「違う違う。真澄じゃなくて、聡子さん。それ、産後鬱《さんごうつ》かもしれんよ。ほら、去年、真澄も観とったドラマでやっとったじゃん」

「……そんなの分かっとるよ」

真澄がうつ伏せ姿勢のまま吐き出した言葉は、拓郎の汗が染みこんだマットレスに吸い込まれていった。よく聞き取れなかったらしく、え？　なに？　と尋ねた拓郎に、真澄は今度こそ顔を上げて、それは私も分かっとる、と答える。予想外に強い口調になったが、止められない。

「私とお父さんもそう思って前にそれとなく病院を勧めてみたけど、私が受診してるあいだ誰が絆奈の面倒を見てくれるん？　って聡子さんに怒られて終わったわ。あんたたちはバイトや大学や仕事でほとんど家にいないだで、そんなこと言わんでって、すごい剣幕で吐き捨てられたじゃんね」

あのときの敵を睨むような聡子の目が、真澄は忘れられない。真澄ちゃん、遊ぼう、真澄ちゃんは優しいね、と朗らかに自分の名前を呼んでくれたかつての聡子とは、まるで別人だった。睨まれたあの瞬間には堪えられた涙が今更こぼれそうになり、真澄は近くに転がっていた枕を抱き寄せる。腕に力を入れると、枕は中央で柔らかくくびれた。

「それって、本当に危ないじゃないの？」

「でも、これ以上どうしたらいいのか分からん。お父さんも、今はそっとしておくしかないって言っとる」

「あー、例えば、真澄が何日間かバイトを休んで、夜だけでも絆奈ちゃんの世話を引き受けるっていうのはどうかな。夜泣きがひどいんだったら、それだけでだいぶ改善できる気がするじゃんね。ドラマでもやっとったけど、聡子さんに今一番必要なのは、一人で自由に過ごせる時間じゃん。もちろん、僕にできることがあったらなんでも手伝うで」

ああ、拓郎らしいな。

真澄は枕の陰で唇を歪《ゆが》めた。善良で、素直で、少し鈍感。それが拓郎だとつくづく思う。夜通し赤ん坊の面倒を見たあとに、元気に大学に行けるわけがない。近ごろ父親にあやされることすら拒絶する絆奈が、拓郎を簡単に受け入れるとも思えなかった。なにより、真澄が聡子と絆奈のために力を尽くせる人間だと、心の底から信じているところがすごい。絆奈の泣き声や、どうして泣き止まないの、と絆奈を怒る聡子、そんな彼女をなだめる父親の声から逃れたくて、真澄が夜中に家を抜け出したり、アルバイト帰りに公園に寄り道したりしていることを、おそらく拓郎は少しも想像していない。

去年の今ごろ、拓郎は私のメイクや服を全然褒めてくれん、と拗ねて、僕は外見で真澄を好きになったわけじゃないで、と返ってきたときのことを真澄は思い出した。拓郎のそういうところが好きだと思うと同時に、そういうところが嫌いだと強く感じた。この先も拓郎のそばにいるために、拓郎には拓郎らしさだけを求めようと決めたはずが、今日もまた、自分は拓郎の拓郎らしさに傷ついている。

「ありがとう。考えとく」

真澄は顔を上げて小さく微笑んだ。

「うん。なんでも頼ってくれていいでね」

拓郎の手が真澄の髪を梳《す》く。普段は心安らぐひとときだが、今日は頭皮が粟立つような感覚に襲われて、どうにも落ち着かない。真澄はさりげなく指から逃れた。

「私、そろそろ帰るね」

「えっ、まだ七時だよ。夕食、一緒に食べるじゃないの?」

「ごめん。そのつもりだっただけど、やってない課題があったのを思い出した」

「あー、そうなんだ」

しょんぼりと肩を落とした拓郎に、真澄の気持ちも一瞬揺らいだが、これ以上ここにいても楽しい気分になれる自信がなかった。本当にごめんね、と手を合わせて、床に散らばっていた服を身に着けていく。最後に大学の教科書が詰まったリュックサックを背負うと、真澄は拓郎を振り返った。

「バイトが休みの日が分かったら、また連絡する」

「うん。課題、頑張ってね」

手を振り合い、玄関で別れた。来たときには明るかった空はいつの間にか藍色に覆われていて、道端には街灯が点いている。自転車を漕いでこの道を帰るのも、もう何度目だろう。真澄はペダルを踏み込む足に力を込めた。スピードがぐんと上がる。拓郎の家が遠ざかっていく。


もっとも混雑する金曜日の営業が終わった瞬間は、いつも膝から崩れ落ちそうになる。少し休みたいが、そうすれば二度と動けなくなるような気がして、真澄は黙々とクローズ作業を進めた。自分と同じく、店内を長時間歩き回っていたはずの紗英が妙に元気なことには疑問を抱いたが、理由を問う気力はなかった。

消灯や戸締まりを確かめて、タイムカードを打刻した。紗英はやはり溌剌《はつらつ》としていて、お疲れさまでーす、と更衣室のドアを開ける手つきも軽やかだ。そのまま制服も脱がずに自分の鞄に飛びついて、スマートフォンをチェックしている。どうしたの？と、やや英気を取り戻した真澄が尋ねると、

「今日はこれから将人の家にお泊まりじゃんね」

と、紗英は顔をほころばせた。

「どうしたの。このあいだまで、あんなに嫌がっとったのに」

「実は、三日前に将人と別れて」

「えっ」

「二日前によりが戻ったじゃんね」

「なにそれ。急展開すぎるら」

真澄の言葉に、だよね、と紗英は大口を開けて笑った。真澄はため息を吐いて、制服のボタンに指をかける。知り合ってから今日までの一年半で、紗英は恋人が三回替わっている。展開が急激なのは毎度のことだが、今回の経緯にはさすがについていけなかった。

「いやあ、真澄からもらったアドバイスを活かして、将人には求めすぎんように気をつけるつもりだっただけど、私、こういう性格だから、結局耐えられんかったじゃんね。私にも都合があるだで、毎回そっちの部屋には泊まれんよ、断ったらいちいち不機嫌になるのもやめて、あんたは三歳児か、三歳児と付き合う趣味は私にはないわって、気がついたら怒鳴《どな》っとった」

「うわあ、言ったねえ」

「これで終わりにしたつもりだっただけど、もう一回チャンスがほしい、俺には紗英しかおらんって、将人が泣きながら言ってきたじゃん。だったらもう少し様子を見てもいいかなあと思って、よりを戻すことに決めた」

話しながら私服に戻った紗英は、続いて鞄からポーチを取り出し、丹念にメイクを直し始めた。睫毛の先が天井を向き、頰に偽物の血色が差す。上唇と下唇を合わせて口紅を馴染ませると、紗英は手鏡越しに真澄を見遣った。

「諦められるって、すごいね。仏だよ、仏の真澄。諦めるって、要は我慢することじゃない？」

それは違う、むしろ正反対だら、と言いかけたとき、更衣室のドアが開いて、先輩が顔を覗かせた。先輩は真澄の顔を見ると、

「白野さん、店長から伝言。例のものは冷蔵庫に入れておいたで、必要ならもらって帰って、だって」

「あ、ありがとうございます」

「なに、例のものって」

まさか覚醒剤？　と、目を見開いてふざける紗英に、廃棄ぶんの刺身をもらって帰るだけだって、と真澄は答えた。急いで着替えを済ませて、冷蔵庫にあったラップの包みを鞄に入れる。頰が緩みっぱなしの紗英をからかいつつ、一緒に店を出た。空気は日ごと冷たさを増しているようだ。しかも、今夜は風が強い。真澄はパーカのファスナーを限界まで

引き上げた。

　自宅の二階に電気が点いているのを認めてから、近所の児童公園に向かった。このところ、幸来の顔を見られない日が続いている。気温が下がってきて、どこか温かい場所に移動したのかもしれない。このまま二度と会えなかったらどうしよう。真澄は焦る気持ちを抑えて自転車のスタンドを立てた。幸来と出会ったのは、初めて家を抜け出した夜のことだ。絆奈の泣き声を耳から振り払おうとベンチに座って頭を抱えていたときに、足にすり寄ってきたのが、一匹の小さな三毛猫だった。

「幸来、幸来」

　腰を曲げ、茂みを覗き込みながらあちこち探した。ご飯だよ、と、すがるような口調で呼びかけた直後、葉の擦れる音がして、数日ぶりに幸来が姿を見せる。体型や歩き方に異変はなく、元気そうだ。風に吹かれて、毛が一方になびいている。だが、安心したのも束の間、真澄は幸来の首元に違和感を覚えた。なにか赤いものが巻かれている。

「どうしたの、この首輪」

　真澄の問いかけに、幸来は、ニャー、と答えた。

「誰かに飼われちゃったの？」

　首輪にはペンダントのトップのように、銀色のプレートがぶら下がっていた。裏面には、名前と電話番号が書き込めるようになっていて、どうやら迷子札の役割も担っているらし

い。真澄はしばらく手書きの文字に目を落としていたが、やがて、

「久野《くの》エリザベス……。エリザベスか……」

と呟いた。全身から力が抜ける。この子はもう餌や温かい寝床を求めてさまよわなくていいのだと思うと、ほっとする反面、幸来を横取りされたような気がした。自分に恨む筋合いはないと頭では分かっていても、呼吸はみるみる浅くなっていく。これから幸来は、飼い主にエリザベスと優しい声で呼ばれ、撫でられ、生きていくのだ。ミケだったこともタマだったことも、そして幸来だったことも、きっとなかったことになる。

「猫はいいなあ」

刺身の匂いを嗅ぎつけたらしく、鞄に鼻を近づける幸来を、だーめ、久野さんからご飯をもらっとるら、と真澄は制した。最後に食べさせたい気持ちもあったが、幸来に対する妬《ねた》ましさのほうがほんの少しだけ強かった。そばにいる人が変われば、名前も変わる。新しい名前が、次の世界の入口になる。そのことが羨ましい。自分も聡子に名前をつけてもらいたかった、その名で聡子に呼ばれたかった、絆奈と同じ経験をしたかった——。

幸来は間もなく刺身を諦め、公園から姿を消した。一人残された真澄はベンチに腰掛け、スマートフォンを操作した。深夜二時を回っていたが、誰からも連絡はない。父親も聡子も絆奈にかかりきりなのだろう。真澄はふと、このままどこかに行きたいと思った。頭の中に灰褐色の景色が広がり、徐々にそれ以外のことが考えられなくなっていく。

気がつくと、真澄は受話器のアイコンをタップしていた。

「もしもし？　まなみちゃん？」

「琉生さん？　こんな時間にごめんね」

突発的にかけたにもかかわらず、琉生は電話に出た。普段はメッセージのやり取りばかりで、こうしてスマートフォン越しに喋るのは初めてだ。なにかあった？　と尋ねる彼の声には戸惑いがにじんでいた。

「あのね、私、これからこのあいだの砂丘に行きたい」

「えっ、今から？」

彼の戸惑いが一瞬にして警戒に変わる。だが、あの砂地をもう一度踏みたい。海を見たい。真澄は構わず続けた。

「そう、今から。今日は風が強いし、太陽が昇れば風紋が見られるかもしれない」

「まなみちゃん、もしかして酔ってる？」

「酔ってない。お酒なんて一滴も飲んでない。ねえ、お願い。連れて行って」

「いや、さすがにこんな時間には無理だよ。また今度ね」

頭の奥で、なにかが弾けた。

「じゃあ、そのまた今度って、いつ？　何月何日のこと？」

「まなみちゃん、本当にどうしたの？　おかしいよ」

「琉生さん、私と約束したよね？　次は私と二人で風紋を見るって」

「それは……したかもしれないけど」

琉生はため息交じりに答えた。もはや面倒くさいと思っていることを隠そうともしない。自分とは本当に遊びだったのだと改めて認識した瞬間、真澄は彼を絶対に逃したくないという衝動に駆られた。琉生の隣にいれば、自分は白野まなみになれるのだ。

「これから砂丘に連れて行ってくれないなら、私を琉生さんの彼女にして」

「はあ？」

「就活が始まったら、私も東京の企業を受ける。そうすれば、来年の一年間は遠距離恋愛かもしれないけど、再来年からはずっと一緒にいられる。私、セフレはもう嫌。いいでしょう？　まなみちゃんは可愛いって、琉生さん、いっぱい言ってくれたじゃない」

数秒、沈黙が下りた。遠くでパトカーのサイレンが鳴っている。公園の街灯が作り出す明かりは時折不安定に揺らいだ。滑り台の滑走面が鈍く光っている。

「いやいや、それは普通に無理っしょ」

返ってきたのは、これまでに聞いたことのない声音だった。

「まなみちゃんは、もっと分かってる子だと思ってたわ」

通話は唐突に切れた。不通音が鼓膜《こまく》を打つ。それでも真澄は、腕と耳が痛くなるまでスマートフォンを耳から離さなかった。

◇

黒が紺に、紺が赤紫に少しずつ変化して、空はゆっくり瞼を開くように明るくなっていく。こうして日の出を眺めるのは何年ぶりだろう。ほのかに白い息を吐きながら真澄は考えた。紗英と大学の卒業旅行で山間《やまあい》のホテルに泊まったとき以来かもしれない。空が明るくなるに従って、気温は着実に上がっていく。地球の暖かさは本当に太陽によってもたらされているのだと、そんなことを思った。

「真澄、あれが風紋かな?」

はっとして空から地面に視線を移した。前日の足跡は風でリセットされ、まだほとんど踏み荒らされていない砂の地に、無数の線が走っている。砂丘全体が、細い縞模様の布で覆われているかのようだ。ひとつのパターンがこれほど大きな面積に施されているところを、三十年間生きてきて、真澄は初めて見たような気がした。

「そうだら。うわあ、すごいね。きれい」

「うん、すごいね」

無邪気に微笑む拓郎に、真澄も目を細めた。過去に一度、当時の浮気相手とここを訪れたことがあるという話は、死ぬまで隠し通すつもりだ。砂丘には自分たちのほかに大学生ほどの男子二人組が来ていて、大人と子どもの狭間にいるような彼らの姿に、十年前の己の恋愛事情を思い出した。真夜中の電話で琉生に手ひどくフラれたあと、真澄は拓郎とも別れた。ようやく拓郎に対して申し訳なさを感じ、また、自分は彼のことをなにも諦めていない、ただ我慢していただけだということに気づいたのだった。

その後、真澄は三人の男性と付き合い、拓郎も二人の女性と交際したようだ。久しぶりの再会を果たしたのは、半年前のこと。中学校の同窓会だった。そうして一ヶ月前、二人の関係はふたたび恋人同士に戻った。とても自然な流れだった。

男子大学生の片方が突然駆け出し、その様子を見たもう片方が、カケルくん、あかんて、と叫ぶ。二人は関西からの旅行客なのかもしれない。よほど仲がいいらしく、ずっと笑っている。彼らの友情にも上手くいかない時期はあったのだろうか。じゃれ合うような二人を見るともなしに眺めていると、背後からひょこっと腕が伸びてきた。

「まー姉ちゃん、あそこに見えるのが海？」

絆奈だった。聡子に似た細い髪が吹き流しのように風になびいている。真澄は思わず絆奈の横髪を彼女の耳にかけたが、風は瞬く間にそれを払った。

「そうだよ、太平洋。社会で習ったら？」

「うん。じゃあ、あの向こうにアメリカがあるだね」

「へえ。絆奈ちゃん、よく知っとるじゃん」

拓郎に褒められ、絆奈は肩をすくめるようにはにかんだ。姉の恋人とどう接していいのか、小学四年生にはまだ分からないのだろう。よりが戻って三度目のデートでドライブを提案され、砂丘に風紋を見に行こうと誘われた。インターネットで観測しやすい条件を調べると、早朝、大勢の観光客が砂地を歩く前がお薦めだと出てきて、だったらついでに日の出も見ようという話になった。絆奈ちゃんも一緒にどうかね、と思いついたのも拓郎で、学校でちょうどこのあたりの地理について学んだばかりだったという絆奈は、一も二もなく賛同した。

車で通勤するようになり、運転が好きになったという拓郎のハンドル捌きは、相変わらず慎重すぎるほどで、しかし、妹と乗車している真澄には心地よかった。急発進も急停止もなく、信号のない横断歩道の前に歩行者が立っていれば、必ず止まる。きれいごとや正論を口にし、実行できることがいかに尊いか、三十歳になった真澄には身に沁《し》みて理解できた。それに傷ついていたあのころの自分は、なんと幼く、傲慢《ごうまん》だったのだろう。

「ねえ、絆奈ちゃん。波打ち際まで行ってみん?」

「行けるの? 行きたい」

絆奈が前のめりになって声を上げた。もちろん行けるよ、と拓郎は頷いた。

「でも、風紋に足跡をつけるのって、ちょっと勇気がいるよね。そうだ、絆奈ちゃんに先頭になってもらおうかなあ」

「えーっ、嫌だよ。まー姉ちゃんが一番に歩いて」

「なんで私なの。あ、ほら、拓郎が行けばいいじゃん」

「僕なの？」

じゃれるように先頭を押しつけ合い、結局、三人横に並んで歩くことになった。絆奈を真ん中にして、せーのっ、とジャンプする。着地した瞬間、絆奈は、あっ、柔らかい、と叫んだ。そのまま一歩、二歩と足を動かし、男子大学生たちとは別の方向から海に近づいていく。入口が遠ざかるのに比例して、人の絵に落書きをしているみたいな罪悪感は薄れていき、代わりに真澄の胸に生まれたのは、新雪を踏み固めているときに抱くような小さな優越感だった。ザクザクと、スニーカーの下から勇ましい音が鳴っている。まー姉ちゃん、速すぎ、と絆奈に呼び止められて、真澄は慌ててスピードを落とした。

やや高さのある丘を登り、来た道を振り返る。点線が三本、雄大な縞模様を横切るように走っている。ほかに目立つ足跡がないから、それぞれがどこをどんな歩幅で進んだのか、はっきりと見て取れた。真澄につられたらしく、絆奈も足跡を見つめて、

「あれって、いつまで残ってるのかな」

「ほかにお客さんがいっぱい来たら、その人たちの足跡に紛れちゃうと思うよ」

「そっかあ。なんか残念」

「また来ようよ、三人で。絆奈ちゃんが行きたいって言えば、おじさん、いつでも運転手

やるでね」

拓郎が笑う。その一分の憂いもない表情を、さらに高く昇った太陽が明るく照らす。そうだよ、また来ればいいじゃん、と真澄も絆奈の肩に腕を回して頷いた。この約束が必ず叶えられることを、真澄はすでに知っている。

白野真澄はしょうがない

白野真澄は、歩幅を大きく広げて横断歩道を渡っている。

スニーカーの底が白い塗料を踏みしめるたび、身体の内側で小さな光が弾けるようだ。朝ご飯に食べた、耳を切り落とした食パンに、目玉焼きの白身とヨーグルト、それに梨が、胃の中で喜ぶみたいに跳ねている。だから、今日も大丈夫。真澄は小川を飛び越えるように、最後の白線から道路の向こう側へジャンプした。

学校の敷地には南門から入った。目指す四年三組の教室は、昇降口のほぼ真上にあたる。真澄は上履きに履き替えると、くすんだ緑色の階段に足をかけた。この小学校は市内でもっとも古く、補修工事が追いついていないことを示すかのように、ステップの滑り止めはどれも端がめくれている。階段を一段ずつ上がり、踊り場で身体の向きを変えたとき、真澄は二階から降ってくるざわめきがいつもより大きいことに気づいた。なにかあったのだろうか。反射的にTシャツの胸もとを握った。

入口から教室を覗くと、ざわめきの発信源はすぐに分かった。窓側の列の一番後ろ、男子が女子より一人少ない都合で空いていたはずの空間に、一組の机と椅子が置かれている。数人のクラスメイトがそれを取り囲み、これ転校生来るんちゃう、と騒いでいた。

「十月のこんな中途半端な時期に、転校生が来るわけないやろ」

冷静を装うような笑子《えみこ》の表情は、教室の入口からでも見て取れた。しかし、好奇心に鼻の穴が膨らんでいる。だってそうやろ、と周囲を見回した笑子は、真澄と視線がぶつかると、あっ、と声を上げた。

「ほら、真澄くん来たで」

彼女の呼びかけにより、クラスメイトの輪は崩れた。真澄の席は、増設されていた机の真ん前だ。真澄は小声で席を空けてもらった礼を言いつつ、グレーのランドセルを肩から下ろした。本当は白がほしかったが、汚れるからそれだけはやめて、と母親に懇願されて、この色に決めたのだった。妥協したランドセルでも、三年以上使えば愛着は湧く。教科書やノートを机の中に移すと、ランドセルの表面に傷がつかないよう、丁寧な手つきで後ろの棚に片づけた。

始業のチャイムが鳴り、担任教師の森野《もりの》がやって来た。ほんならここにおってな、と廊下に誰かを待たせているらしい彼女の言動に、教室がたちまちにぎやかさを取り戻す。こーら、今はお喋りの時間ちゃうやろ、と森野が両手を叩くと、クラスメイトはいつにない速さで静かになった。

「えー、突然ですが、四年三組の仲間が一人増えることになりました」

入ってきて、と森野が廊下に向かって声をかける。ほんまに転校生やったんや、と隣席の笑子は呟き、上半身をぐいっと前に乗り出した。教室全体が期待の渦《うず》に呑み込まれたかのようだ。しかし真澄は、こういうカウントダウンのような時間が得意ではない。どんな予想も外れる気がして、心臓が激しく動き始める。ふたたび胸もとを強く握った。

「こちら、京都から引っ越してきた、黒岩翔《くろいわかける》くんです」

現れたのは、黒いランドセルを背負った中肉中背の男子だった。目尻は少しつり上がっているが、強面《こわもて》ではない。肌は浅黒く、運動が得意そうで、自分とは正反対に見えた。

「黒岩翔です。京都から来たと言っても、その前は東京や横浜に住んでいたので、関西弁は喋れません。大阪のことも全然知らないので、みんなにいろいろ教えてもらえればと思います。よろしくお願いします」

淀《よど》みのない話し方だった。森野の拍手を聞いてクラスメイトが手を叩き、一拍遅れて真澄もそれに合わせた。挨拶を終えて気が抜けたのか、翔の表情がわずかに緩む。思いのほか柔らかな目つきだった。落ち着き払った声音といい、乱暴なタイプではなさそうだ。しばらく遠巻きに観察すれば、あまり緊張せずに接せられるようになるかもしれない。

「黒岩くんはお父さんのお仕事の都合で、引っ越しをたっくさん経験しているそうです。また社会の時間にでも、今まで住んだことのある街について紹介してもらおうかな。ほんなら黒岩くん、あの角っこが君の席やで。分からんことがあったら、先生はもちろん、六班の仲間にどんどん訊いてください」

「はい」

翔は真澄たちのほうに視線を向け、一瞬、果物の熟れ具合を確かめるような表情を浮かべた。真澄ははっとして、身体を強張らせる。四年三組では、座席の近い者同士で組んだ三、四人の班で、給食を摂ったり掃除をしたりしている。今しがた森野が口にした六班とは、真澄の班のことだ。つまり、真澄は翔を観察するより前に、彼と行動を共にしなくてはならない。

「よろしく」

椅子の背に手をかけて、翔が首をすくめるように会釈した。彼の右隣の結美《ゆみ》が、なんでも訊いてな、と朗らかに応える。

「あ、うちの班の男子、白黒コンビやな」

腰を捻り、その様子を眺めていた笑子が、真澄と翔を交互に指差した。

「白黒コンビ?」

翔が響きを確かめるように繰り返した。

「この子、白野真澄くんって言うねん。白野と黒岩だから、白黒コンビ」

「へえ」

翔が真澄を見つめる。真澄は唾を呑んだ。自分もなにか言わなければと思えば思うほど喉が渇き、身体の感覚が遠ざかっていくようだ。小学校に入学したばかりのころを思い出す。指名されても一言も話せず、誰とも口を利かずに下校時間を迎えることがしょっちゅうだった。真澄は大の人見知りで、相手の存在が自分の意識に馴染んでからでないと、挨拶すら上手くできない。

「よろしくね、白野くん」

「あ、う……お」

真澄の口から出てきたのは、やはり母音だけだった。翔が不思議そうな表情を浮かべたとき、ほんなら朝の会、始めるでー、と森野が出席簿の端で教卓を叩いた。

「えっ、白野くん、それしか食べないの?」

当番に給食をよそわれて席に戻ると、翔が真澄の手もとを覗き込んで目を丸くした。今日の献立は、ご飯と鯖《さば》のソース煮にキュウリとワカメの和えものと、かき玉汁に牛乳。デザートは、グレープフルーツだ。だが、真澄のトレイには、ご飯と鯖のソース煮と牛乳しか載っていない。

「真澄くんはそれでええねん」

真澄が答えられずにいると、真澄の正面に座る笑子が顔の前で手を振りながら言った。

給食の時間は女子と男子が向かい合い、班ごとに机をくっつける決まりになっている。笑子の言葉を受けて、そうやねん、と結美が頷いた。

「真澄くんはええねん」

「ええねんって、どういうこと？」

「真澄くんは、ひとつにいろんな色が入ってる料理を食べられへんねん。今日のメニューはご飯が真っ白で、鯖も真っ茶色やけど、和えものとスープはなんやごちゃごちゃしてるやろ？　だからあかんねん」

「えっ、そんなことがあるの？」

今度の質問は、まっすぐ真澄に飛んできた。筋肉の硬直を感じながら、真澄はやっとの思いで顎を引く。真澄の小学校は食べ残しゼロを目標としていて、苦手な料理を初めから受け取らなかったり、減らしたりすることは認められている。しかし、特定の具材だけを食缶に戻すことは不可能だ。となると、今日は副菜と汁物を諦めるしかなかった。

「グレープフルーツはいけるんじゃない？　これ、薄黄色だよ」

「え、あ……そ」

「辛かったり苦かったり、酸っぱすぎたりするのもあかんねん」

今度は結美が答えた。へえ、と翔が呆気にとられた表情で真澄を見つめる。これでもいろいろ食べられるようになったと告げたら、この子はどんな顔をするのだろう。真澄は五歳の誕生日を過ぎるまで、白以外の食べものを口にできなかった。白米、豆腐、白身魚、カリフラワー、大根、白菜の芯に近い部位が毎日のように食卓に並び、幼稚園には母親の握った塩むすびを持って登園していた。真澄が気持ちよく学校に行けるようにと、朝食はまだ白一色が認められているが、給食と夕食についてはなるべく周囲と同じものを食べるよう、親から指導されている。鯖のソース煮を断らなくなったことは、真澄にとっては大きな成長だった。

「真澄くんは、カビンやねん。あ、花を生けるほうのカビンやないで。敏感で、初めてのこととか、どきどきすることが苦手やねん。な、結美ちゃん」

「せやねん。交通安全のビデオとかも、よう観られへんもんな」

舌がぴりぴりする味も、大きな音も、先行きの読めない展開も、突発的な出来事も、真澄は苦手だ。台風が接近しているからと自由登校になったり、学校に着いてから忘れものに気づいたりすると、途端に思考が停止する。それでもこつこつ勉強したり、教師の指示に従ったりすることは得意で、学校にはなんとか通い続けられていた。

「なんかすごいね」

翔の顔には明らかな苦笑いが浮かんでいた。真澄のことを、わがままかつ臆病者だと思ったのかもしれない。しかし、平気だ。この手の視線には慣れている。同い年の男子にとって、真澄はとにかく一緒にいてもつまらない奴、らしい。幼稚園時代のいっときを除き、いじめられた経験はなかったが、その一方で、遊びに誘われた回数も少ない。三年生からの持ち上がりである今のクラスの男子も、真澄に対しては一定の距離を置いている。彼らとは対照的に、やたらに世話を焼きたがるのが女子だった。

「だから、翔くんも気をつけたってな」

笑子はなぜか得意げに言った。翔がそれに応えるより早く、日直の二人が、みなさん準備はいいですか、と号令をかける。真澄は待ってましたと背筋を伸ばし、胸の前で手を合わせた。極度の偏食でも、朝から四時間みっちり授業を受ければ、さすがに腹は減るのだ。

「それではみなさん、いただきます」

「いただきます」

二十八人が一斉に箸を持ち、椀《わん》や皿に突っ込んだ。真澄も飯椀を手に取り、まずはそれを空にする。ふと視線を感じて顔を上げると、翔が信じられないという面持ちでこちらを見ていた。あいだにおかずを挟むことなく、ご飯のみを完食した真澄に驚いているようだ。どうしてそんな食べ方をするのか、味がなくて平気なのか、疑問に思っているのだろう。だが、どうせ答えられないに決まっている。だから、なにも訊かないでほしい。

翔の反応には気づかなかったふりをして、真澄は鯖のソース煮に箸を伸ばした。

要するに、気の合うところはひとつもなかったはずだ。

今日一日をいくら思い返しても、彼が自分に好意的な印象を抱いたとは考えられない。白野くんは昼休みはなにするの？　と問われたときには、本、とか細い声で答えたことで戸惑わせ、掃除の時間には、ちりとりからこぼれ落ちる砂粒を最後の一粒まで箒《ほうき》で集めようとして、もういいんじゃない？　と呆れられた。なのに、どうして今、自分は翔のことを待っているのだろう。正門脇の桜の木は、葉が朱色に染まり始めている。水筒とサラダ煎餅《せんべい》しか入れていないはずのリュックサックがやけに重く感じられて、真澄は肩紐の位置を直した。

五時間目と六時間目のあいだに、翔から、家に遊びに来ないか、と誘われた。その直前まで彼は、教室の後ろに掲示されたクラスメイトの自分新聞を眺めていた。自分新聞とは、四年生が今年で十歳になることを記念して行われた、二ぶんの一成人式という行事に合わせて個々人で制作したもので、生まれたときのことや将来の夢などのエピソードを、写真やイラストと共に紹介している。もちろん、真澄の自分新聞も貼られていたが、あれを読んだところで翔が自分に興味を持つとは思えなかった。

遊びに行きたい気持ちは、正直なところ、まったくない。それでも、真澄に誘いを断るという選択肢はなかった。真澄は人の叱責を受け流すことができない。怒られることは、もっとも苦手な刺激のひとつだ。翔が気を悪くするかもしれないと想像すると、承諾するほうがまだましで、一度家に帰ってランドセルを置いたのち、こうして集合場所の学校に戻ってきたのだった。

校庭のほうから甲高い声が風に乗って運ばれてくる。陸上部か、サッカー部か。四年生から始まった部活動に、真澄は参加していない。森野にはどこでもいいから入ったほうがいいと勧められたが、どうしても気が進まなかった。学校が終わったら、一秒でも早く家に帰りたい。そして、翌朝の登校時間まで一秒でも長く家にいたい。それが、真澄が日々望んでいることだった。

「お待たせ」

翔が現れた。真澄はなぜか、彼がぴかぴかのマウンテンバイクに乗って現れるような気がしていたが、翔は歩いてやって来た。手ぶらで、教室では見かけなかった黒いキャップを被っている。真澄が首を横に振ると、翔はキャップのつばを少し上げて、行こう、と歩き出した。

「お母さんになにか言われた？」

「な、なにを？」

「転校してきたばっかりのクラスメイトの家に行くこと。だめって言われなかった？」

「え、あ、パートで、今」

足を懸命に動かしながら答えた。身長はさほど変わらないにもかかわらず、翔は歩くのが速かった。真澄は学校の北側の地域にはほとんど土地勘がない。彼を見失えば、迷子になること必至だ。置いていかれないよう頑張ったが、それでも翔の横に並ぶことができたのは、揃って赤信号に引っかかったときだった。翔は首を捻って真澄の顔を一瞥した。

「あ、ハルフクっていうお店で働いてるんだっけ？」

真澄はぎょっとした。母親が近所のスーパーマーケットに勤務していることを翔に伝えた覚えはない。クラスメイトが話したのだろうか。しかし、どうしてわざわざ母親のことを？　真澄の驚きを察したらしい翔が、自分新聞で読んだんだよ、と、ため息交じりにからくりを明かした。

「あれ、真澄くん本人が書いたんじゃないの？」

苗字ではなく、名前で呼ばれたことに真澄ははっとしたが、それについては触れないことにした。

「う、うん、僕が書いた」

母親がパートを始めたのは、三年前。知り合いの店員に、真澄くんも小学校に入ったんやろ、あんたもちょっとは外に出たほうがええで、と声をかけられたのがきっかけだった。自分の生活リズムが変われば息子に負荷をかけることになる、と、当初母親はかなり渋っていたが、ハルフクの店長が真澄の性格に理解を示したことで気持ちが固まったようだ。留守番中、少しでも困ったことがあったら店を訪ねてきていいと、真澄は店長より言われている。その言葉に甘えて何度も足を運び、おかげでハルフクは、真澄が緊張せずに一人で赴《おもむ》ける数少ない場所のひとつになった。

「青だ」

翔が横断歩道に足を踏み出した。真澄は迷いながらも一歩目を白線に置いた。物心ついたころからずっと、こういうふうに渡っている。横断歩道の黒っぽい部分に足を着けると心に影が差すようで、もはや気持ちが落ち着かない。子どもっぽいと馬鹿にされることを予想していたが、翔はなにも言わなかった。

やがて辿り着いた翔の住まいは、灰色の小さなマンションだった。翔がエントランスの機械を操作すると同時に、奥のガラス扉が開く。一軒家暮らしには新鮮な光景で、真澄は思わず目を見張った。早く来ないと閉まるよ、と手招きされて、急いで扉を通過する。階段で二階に上がると、翔は廊下の突き当たりのドアを解錠した。

玄関に入った瞬間、よその家の匂いがする、と真澄は思った。ここが未知の場所であることを自覚して、心臓が今にも胸骨《きょうこつ》を突き破りそうだ。さりげなくTシャツの胸もとを摑んだ。

「まだ全然片づいてないけど」

案内されたリビングダイニングは、確かに段ボール箱に囲まれていた。適当に座って、と言いながら翔はキャップを脱ぎ、手早く明かりを点けて、ベランダに続く掃き出し窓のカーテンを閉めた。それが薄いベージュ色だったことに、真澄はなんとなくほっとする。

布張りのソファに腰を下ろし、あたりを見回した。ＡＶ機器は大急ぎで繋いだのかコードがぐちゃぐちゃで、目の前のローテーブルには爪切りと耳かきが転がっている。その一方で、キッチンカウンターの下に設けられた背の低い本棚には、なぜか同じ本が数冊ずつ、きっちり並んで収まっていた。

「それ、俺のお母さんが書いた本」

真澄の視線に気づいたのか、翔が言った。

「って言っても、お母さん一人で書いたわけじゃないらしいけど。俺のお母さん、ライターなんだ。今日もどこかに取材に行ってる」

「ライター？」

それがどんな仕事かは判然としなかったが、翔の母親がここにある本の制作に関わっているということは真澄にも理解できた。改めてタイトルを注視する。『はじめての妊娠おまかせブック』に『後悔しないための出産ガイド』など、赤ん坊にまつわるものが多いようだ。背表紙の色はどれも淡く、明るい。

「これ、麦茶」

翔がグラスをふたつ、テーブルに置いた。真澄は自分もサラダ煎餅を持ってきたことを思い出し、僕もおやつ、とリュックサックのファスナーを開けた。こういう気は回るんだ、と、受け取った翔が独り言のように呟く。ソファに並んで腰掛け、しばらく二人で煎餅を食べた。静かな部屋に、ぱりぽりむしゃと咀嚼《そしやく》音が響いている。

「真澄くん、なにしたい？　ゲームもあるけど」

互いに三袋ずつ煎餅を食べ終えたとき、指についた塩を舐《な》めながら翔が言った。

「ゲームは、僕……」

「怖くないのもあるよ。普通のアクションゲームとか」

「でも、どきどきするから」

「別に失敗したっていいじゃん。どうせゲームなんだし」

言うなり翔は立ち上がり、テレビ脇に積まれていた段ボール箱のひとつに手を伸ばした。あの中にゲーム機やソフトが入っているらしい。中身を検《あらた》め始めた後ろ姿に向かって、真澄は必死に声を振り絞る。

「ぼ、僕は失敗だけやなくて、成功して嬉しくなるのも嫌なんや。どっちも心が疲れんねん」

「あ……そうなんだ」

振り返った翔は、虚を衝かれたような顔をしていた。二人のあいだにふたたび沈黙が広がる。なぜ彼は自分を家に呼んだのだろう。不安が胸に一層降り積もる。こういうのは、ある程度仲良くなってから行われることではないのか。翔も後悔しているかもしれない。

やっぱり僕、帰るわ、と真澄が口を開きかけたとき、凶悪に感じるほど明るいチャイムの音が部屋に響いた。

「あっ、帰ってきた」

翔はインターホンに飛びつくと、なにやらボタンを押した。それから、ちょっと行ってくる、と叫び、玄関へ駆けていく。間もなくドアの開閉音が聞こえてきて、真澄は翔が部屋の外までその人を迎えにいったことを悟った。静寂の圧力を肌で感じながら、真澄は翔の母親だろうかと考える。ちゃんと挨拶しなければ、という緊張に、みぞおちがずくんと痛んだ。

「真澄くん、お待たせ」

「どうも」

数分後、翔は学ラン姿の中学生と共に戻ってきた。まったく想定していなかった光景に、真澄の身体はたちまち硬直する。男子中学生は、翔と目の形が同じだった。弓なりにカーブした眉毛も、薄い唇も似ている。ただし、肌の色は翔ほど黒くない。髪は長く、頬には無数のニキビがあった。

「これ、俺のお兄ちゃん。黒岩湊《みなと》っていうんだ。中学二年生」

「おまえ、なんで名前まで言うんだよ」

「だって、真澄くんがお兄ちゃんの呼び方に困るかなあと思って」

「そんなの、なんだって適当に呼べばいいだろ」

内臓をスキャンするかのように、湊の視線が真澄の全身をなぞった。真澄は恐怖で声も出ない。学校ですれ違うことのある六年生と二歳しか違わないとは、とても思えなかった。

湊は間続きの和室に入ると、鞄を下ろし、学ランの上着を脱いだ姿でリビングダイニングに戻ってきた。そのまま真澄の隣にどかっと腰を下ろして、

「真澄くんは、翔と同じ班なんだって？」

真澄は頷いたが、首が数ミリしか動かなかったことは自分でも理解していた。身体中の筋肉が石になったみたいで、単純な仕草もままならない。しかし湊は本気で真澄の答えを求めていたわけではないようだ。よろしく、と平坦な声で言うと、ズボンのポケットからスマートフォンを取り出した。

「あ、小暮《こぐれ》ちゃんからリプがついた」

湊が呟く。翔がすかさずソファの後ろから、

「俺のお兄ちゃん、すごいんだよ。有名人とよく絡んでるんだ」

と、声を上げた。翔の瞳は陽光を受けた小川のように光っていた。こんなに幼い彼の表情を見るのは初めてだ。ねえ、お兄ちゃん、真澄くんに説明してあげてよ、と言われて、湊は、これ知ってる？　と真澄にスマートフォンの画面を向けた。

「つぶやきって呼ばれてる、短い文章を載せられるSNSなんだけど」

横書きの文字が並んだ画面に目を落とし、真澄はかぶりを振った。日常的に動画共有サ

イトを観ているクラスメイトとは異なり、真澄はインターネットに触れたことがほとんどない。SNSという単語も知らなかった。湊は、ここに投稿された文章は世界中の誰でも読めること、有名人も大勢これを使っていて、自分のアカウントさえ持っていれば、誰でも彼らにコメントを送れることを説明した。

「だいたい分かった?」

なにひとつ理解できなかったが、怒られたくない一心で、真澄はとりあえず頷いた。

「それで今、翔と話してたのは、俺が小暮ちゃんにつけたコメントに、本人から返事があったってこと。有名人はひとつのつぶやきに何百件もコメントがつくから、普通は滅多に返信してもらえないんだ。一般人のコメントには一切目を通さないって人もいるくらいだから。で、これがその、小暮ちゃんからもらったリプライ」

小暮ちゃんという芸人は真澄も知っていた。小学校教員を務めていたことがあるという異色の経歴の持ち主で、母親が好きなクイズ番組や、真澄が観ている教育テレビにも出演している。すごい、と口から素直な賞賛の言葉が溢れた。テレビの中と、自分が生活しているこの空間が、まさか本当に繋がっていたとは。真澄は身体を傾けて、湊のスマートフォンを覗き込んだ。

「あ……れ?」

違和感を覚えて、真澄は二、三度、読み直した。しかし、印象は変わらない。意味を取り違えているということはなさそうだ。真澄の趣味は読書だ。自分のペースで物語を読み進められ、怖いと思ったらページを閉じられる本は、テレビやゲームよりも性に合っていた。最近は、中学生向けの本にも手を伸ばしている。漢字を読むのは得意だった。

「これ……小暮ちゃん、怒ってるんと違う？」

〈人の容姿をあげつらう貴方の心よりも遙かにマシです〉

小暮ちゃんの名前と小さな顔写真の下に表示されていたのは、相手を全力で突き放したようなこの一文だった。きっかけとなった話題を知らない真澄にも、彼が冷え冷えとした怒りを抱いていることは充分感じ取れる。穏やかで知的な小暮ちゃんのイメージとは大違いだ。呼吸がにわかに浅くなった。

「ああ、俺のこのコメントに対するリプライなんだよ」

湊が指でスマートフォンを撫でると、文字の行列は上から下にさっと流れた。これこれ、と新たに突きつけられた画面に、真澄は気持ちの整理をつけられないまま目を通す。真澄もときどき観ている、国民的アニメのおじいさんの絵を顔写真のように使ったミナヘイという人物が、〈その顔で言っても説得力なし、おまえの顔のほうがよっぽど事故〉と、小暮ちゃんに向かって発言していた。どうやら、いまだに運動会で組み体操を実施している学校があるというニュースに、〈事故が起こってからでは遅いんです〉と小暮ちゃんが苦言を呈《てい》したことが、二人のやり取りの始まりのようだ。だが、経緯は掴めても、ミナヘイこと湊が、本人に悪口をぶつけた理由は分からなかった。

「なんでこんなこと……」

「お兄ちゃんは、ほかにも俳優のイトケンとか、アイドルのメグメグともやり取りしたことがあるんだよ。芸能人以外で言うと、最近はタカスィ。知ってる？　ファミレスの料理を一ページ目から順に注文してみたり、ドリンクバーの飲みものを全種類混ぜてみたり、馬鹿な動画ばっかりアップしてる、兵庫の高校生。動画のクオリティはいまいちだけど、フォロワーは多いんだよね」

真澄の問いかけが聞こえなかったのか、翔は嬉々として兄の成果を語った。今日、真澄を家に招待したのは、湊のことを自慢するためだったようだ。おそらく相手は誰でもよくて、自分が選ばれたのは、単に席が近かったからに違いない。真澄は納得した。しかし、湊を讃える言葉はもう出てこなかった。

「有名人へのリプだけじゃない。俺のオリジナルのつぶやきも、注目されるときは注目されるんだからな」

湊がふたたびスマートフォンに触れる。次に見せられたのは、警察官の制服を着た男が、自動販売機で飲みものを買っている光景を捉えた写真だった。この画像にミナヘイは、〈仕事サボってんじゃねえよ、このクソ税金泥棒〉という文章を添えている。真澄は気管がさらに狭くなるのを感じた。

「これは近所を散歩しているときに俺が撮った写真なんだけど、まあ燃えたね。水分補給は自己管理の基本なんです、とか、公務員は休むべからずっていう風潮がこの国を窮屈にしてるんじゃないですか、とか、すっごい数のリプが来た。でも、俺にとっては狙いどおりの展開って感じ。SNSをずっと見てると、流行《はや》りの正論みたいなものが分かるんだよ。その逆を行けば、炎上させることなんて超簡単。みんな、俺の手のひらの上で踊らされてるだけ」

その後も湊と翔は額を突き合わせながら、二人でスマートフォンを眺めていた。真澄は早く家に帰りたいが、足に力が入らない。いつの間にか翔も湊の隣に腰を下ろしていて、広くないソファの上で三人は密着していた。どこかの有名人を湊がこき下ろすたびに、翔が手を叩いて笑う。彼の動きに合わせて揺れる座面は、真澄に緩いゼリーに座らされているような心細さを与えた。

結局、真澄が落ち着きを取り戻すまで数十分を要した。胸に手を当て、深く息を吸い、壁の時計を見上げる。そろそろ母親が帰宅する頃合いだ。友だちの家に行ってくると置き手紙は残してきたが、余計な心配はかけたくない。足もとに転がっていたリュックサックを腿に載せると、真澄はファスナーを一息に閉めた。

「もう帰るの?」

翔の問いに、真澄は無言で頷いた。

「だったら学校まで送るよ」

「だ、大丈夫や。一人で帰れる」

「でも、外はもう暗いよ。真澄くん、暗いのも苦手なんじゃない?」

そう言われると、一人で自宅に辿り着ける自信はなかった。少し考えて、ありがとう、と答える。俺も行くわ、と湊がスマートフォンをポケットにねじ込み、立ち上がった。

「暗いのが苦手なんだったら、付き添いは一人より二人のほうがいいんじゃないの？」

三人でマンションを出て、小学校までの道のりを歩いた。太陽が沈んだあとの街は、黒い霧に包まれているかのようだ。色や細部がはっきり識別できず、どの家もどの道も同じように見える。黒岩兄弟の申し出を断らなくてよかったと、真澄は密かに安堵した。来るときにも引っかかった信号がまたも渡る寸前で赤になり、三人は足を止めた。湊が間髪を容れずにスマートフォンを取り出し、操作する。彼の手もとだけが、星が落ちてきたように明るい。

「あ、警察官のつぶやき、リプが百件超えた」

「ね、うちのお兄ちゃん、すごいでしょう？」

強すぎるスマートフォンのバックライトは、湊の傍らに立つ翔の横顔も照らしていた。兄のことを話す彼の目は、やはり輝いている。よほど兄のことを慕っているのだろう。

「テレビで小暮ちゃんを観たときに、この人、うちのお兄ちゃんのことを知ってるんだなって思ったら、超面白くない？」

勢いに気圧《けお》され、うん、と真澄は頷いた。ヘッドライトから円錐形の光を出した車が、すぐ目の前を通り過ぎていく。水流のような車の走行音が耳の中に広がった。

「せやけど、なんで相手を怒らせるようなことをするのか、僕にはよう分からんわ」

気がつくと真澄は、この数十分間、ずっと考えていたことを口にしていた。まずい、と、すぐに慌てたが、真澄を振り返った湊は平然としていた。

「人の心を動かすのって、面白いじゃん、ゲームみたいで」

「ゲーム？」

「ターゲットを決めて、そいつを喜ばせるためにプレゼントをあげたり手紙を送ったりすることと、怒らせるために相手をいじったり煽ったりすること。俺の中では同じだから。ただ、ネットで有名人に応援メッセージを送っても、どうしたって本物のファンのコメントに紛れて、なかなか拾ってもらえないだろう？　喜ばせるより怒らせたほうがよっぽど絡める可能性が高いし、それに、相手の記憶にしっかり残れるような気がするんだよね」

真澄はどきりとした。喜ばせることと怒らせることは、同じ。湊の主張は、嬉しいことも悲しいことも怖いと感じている自分の考え方にどこか通じていた。重要なのは感情の方向性ではなく、気持ちがどれほど大きく揺れるかということ。もしかしたら、自分と湊は似ているのかもしれない。ほんの一瞬、そんなことを思った。

信号が青に変わる。三人並んで横断歩道を渡った。暗がりの中でも、真澄は白線を踏むことを忘れない。数時間ぶりに戻ってきた学校は校庭から人影が消えていて、職員室と学童保育に使用されている教室に明かりが点いていた。この時間にも人がいるのだと、真澄は今まで知らなかった世界を垣間見たような気がした。

「真澄くん、ここからは一人で帰れる?」

「も、もちろんや」

「じゃあ、また明日。学校で」

翔が手を振る。湊もその隣で軽く手を上げている。真澄は二人に向かって小さく頭を下げると、家の方角へ駆け出した。


それからも真澄は、たびたび黒岩家へ遊びに出かけた。どこにどんな手応えを感じたのか、翔は真澄を自宅に呼びたがり、真澄はその誘いをどうしても断ることができなかった。あの日、置き手紙を読んだ母親は、息子にもついに友だちができたと涙ぐんで喜んだ。母親を悲しませたくなかった。

あの人からこんな返事があったと、黒岩兄弟から聞かされるのは辛かったが、湊が狙っている炎上という現象は、いち中学生が頻繁に引き起こせるものではないらしい。成果がないときの二人は物静かだった。三人でだらだらしているだけの時間が増えるにつれて、張り詰めていた真澄の気持ちも少しずつほどけていった。

「ねえ、これ見てよ」

十一月に入ったある日、真澄がソファで湊から借りたギャグ漫画を読んでいると、顔とコミックスのあいだに一冊の本が差し込まれた。真澄は顔を限界まで後ろに下げて、本の表紙に焦点を合わせた。淡い水色の表紙には赤ん坊のミトンや靴下のイラストがちりばめられ、丸みを帯びたフォントで、『なまえじてん～子どもの幸せな未来のために～』と書かれている。翔と湊の母親が手がけたものだと、すぐにぴんときた。

「この本がどうしたん？」

真澄は翔に尋ねた。二人の母親には、すでに何度か会っている。モデルのようにすらっとした、華やかかつエネルギッシュな人で、今日も取材に出ているそうだ。あの人は家にじっとしてるのが苦手だから、と湊が呆れたように話していたことがあった。

「いいから。二百五十八ページ、開いてみて」

真澄はコミックスを傍らに置き、翔から本を受け取った。腕にずっしりくる重さだ。入学祝いに買ってもらった国語辞典よりも分厚いような気がする。指定されたところになかなか辿り着かず、行きつ戻りつしながらページをめくる真澄に焦れたのか、翔が我慢できないといった調子で告げた。

「昨日の夜、これでお兄ちゃんと真澄くんの名前を調べたんだ」

「っていうか、暇で死にそうだったときに、その本がちょうど目に入ったんだよ」

カーペットに寝そべりスマートフォンをいじっていた湊が、ぶっきらぼうに口を挟んだ。一緒にいないときにも真澄のことを話題にしていると本人に知られて、恥ずかしかったのかもしれない。そうなんや、と真澄がくすぐったい気持ちで応えたとき、指がようやく二百五十八ページを探り当てた。〈心の美しさをイメージして〉というのが、そのページの見出しだった。そこに、〈透《とおる》〉や〈泉美《いずみ》〉、〈清乃《きよの》〉などの名前に並んで、〈真澄〉が掲載されていた。

「これかあ。心の美しさなんて、なんや恥ずかしいわ」

「でも、めちゃくちゃ真澄くんっぽくない？　俺、思わず噴き出しちゃったよ」

翔が前歯を見せて笑えば、湊も、

「しかも、苗字が白野。つまり、白くてきれいな心。そりゃあ過敏《かびん》な子どもにもなるよな」

と、にやにや笑って続ける。

「そういうことやったんか」

真澄も思わず笑顔になった。本当は、心の美しさをイメージしてつけられたのではないと知っている。往年の俳優の芸名が由来らしい。自分新聞を書く際に両親に取材して、真澄がこの名前に至った理由を訊いていた。父親と母親が初デートで観た映画の中で、その俳優は主役を遙かに上回る存在感を放っていたそうだ。だが真澄は、彼が演技している映像をまだ見たことがなかった。

「ほんなら、翔くんと湊くんの名前も載ってるん？」

真澄が本を掲げて尋ねると、翔と湊は顔を見合わせた。ああ、まあ、と、湊が口を濁したことに気づかなかったのか、翔が、俺が二百九十ページで、お兄ちゃんが三百十八ページだよ、と明朗な声で答える。湊の様子に引っかかりつつも、真澄は教えられたページを開いた。すると、〈翔〉は、〈世界に羽ばたけるよう願いを込めて〉というページに、湊は〈大勢から好かれる人気者〉と書かれたページに載っていた。

「翔くんは分かるけど、湊くんはなんでこの漢字で人気者っていう意味になるんやろ」

「お兄ちゃんの名前の字には、人や物がたくさん集まる場所っていう意味があるんだって」

「へえ。格好ええなあ」

「なあ、名前の話はもういいだろ。そんなことより、なんか食べようぜ。俺、腹減った」

湊は跳ねるようにカーペットから身を起こすと、キッチンに入った。湊は自分の名前を嫌いなのではないか。真澄はふいに思った。真澄自身は新聞を作るまで特に名前を意識したことがなく、名づけに不満がある人の気持ちはよく分からない。しかし、テストやプリントに記名したり、人に呼ばれたりするたびに憂鬱《ゆううつ》になるのだとしたら気の毒だ。そういえば体質と同じく、生まれてすぐにつけられる名前を人は選べない。上手く付き合っていくことを、授かった側が強制的に求められる。

「あー、こっちのほうがいいか」

キッチンで独りごち、湊が持ってきたのはプレーンクッキーだった。真澄くんも食べたら、としか言われなかったが、自分が色が交ざっていない食べものを好むことを考慮して、湊はこれを選んだのではないか。真澄にはそう思えてならなかった。

名前事典の一件以来、白野真澄だからしょうがない、というフレーズが三人のあいだで流行した。飼育小屋のウサギに触《さわ》れなくても、雲梯《うんてい》ができなくても、白野真澄だからしょうがない。この言葉を口にするたび、また、翔たちから言われるたびに、真澄は風船が宙に解き放たれるような快《こころよ》さを覚えた。幼稚園児だったころ、普段は真澄に辛抱強く付き合っている母が時折発作のように、なんでみんなみたいにできへんの、と泣いていたこと。いまだに親戚から、気難しい子やねえ、と言われること。自分がおかしいのだと思っていた。自分に問題があるのだと、心のどこかで、ずっと。

でも、名前が白野真澄なのだから、仕方がないではないか。

二学期二度目の席替えで班が分かれたあとも、翔とは休み時間を共に過ごした。校内を散歩したり、図書室で本を読んだり、チャイムが鳴った瞬間に忘れるようなたわいもない話に笑ったり。真澄にとって、翔と一緒にいるのはもはや自然なことだったが、周りの目にはそうは映らなかったようだ。よっぽど気が合ったんやな、とクラスメイトからは感心され、担任教師の森野には、ほんまによかった、と拍手された。笑子だけが、そら白黒コンビやからな、と、この展開を見通していたかのように頷いていた。

真澄と翔は、校内合唱コンクールのクラス実行委員に推薦された。二人一緒やったらできへん？　と森野に打診され、真澄が困惑しているうちに、できます、と翔が返答。引き受けることが決定したのだ。毎年十一月末に行われる合唱コンクールは、運動会に次いで学校が力を入れている行事で、実行委員会はほぼ毎日昼休みに開かれる。そこで話し合われたことを各教室に持ち帰り、クラスメイトに報告するのは、実行委員に課せられた仕事のうちのひとつだ。人前で喋る役割は翔に任せていたが、翔は伝えるべき内容を忘れていることが多く、真澄が上擦った声であとを引き継ぐことも多かった。

「金賞、ほしいな」

本番まであと十日に迫ったある日、委員会から教室に戻る渡り廊下の途中で翔がふいに呟いた。中庭に植えられた紅葉《もみじ》がちょうど真っ赤に色づき、真澄の視界の端で燃えていた。あの小さくて穏やかな緑色の葉に実はこんな激しさが潜んでいたのかと、真澄は毎年ひそやかに驚いている。

「金賞かあ」

「真澄くんは、ほしくないの？」

「ほしいとかほしくないとかやなくて、難しいんちゃうかなあ」

合唱コンクールでは、一学年につき一クラスずつ金賞が与えられる。四年生は三クラスしかなく、単純に考えると、一等を獲れる確率は三ぶんの一。それほど低くはない。しかし、一組の担任教師は合唱部の顧問で、練習法からして違うと噂になっていた。

「難しくても、せっかく実行委員になったんだから、俺は結果を残したいよ」

「結果かあ」

中学生の湊と一緒にいる時間が長いからか、翔はときどき大人びた言葉遣いをする。真澄がぼんやり相槌を打つと、翔は校舎に入る寸前で足を止めた。

「俺は今まで自分のクラスがなにか賞を獲っても、褒められても、そんなに喜べなかった。転校ばっかりで、だから自分のクラスっていう気持ちになれなくて、運動会も縄跳び大会も、全部どうでもよかった。でも、もし今度の合唱コンクールで金賞がもらえたら、すっごく嬉しいような気がする」

父親が転勤の多い仕事に就いているらしく、これまでに翔は七回、湊は十回の引っ越しを経験しているという。ひとつの街に、二年以上暮らしたことがないとも聞いていた。拗ねているような、それでいてなにかにすがろうとしているような翔の眼差しに、気づくと真澄は、

「分かった。ほんなら考えよう」

と、口にしていた。

「考えるって、なにを?」

「もちろん作戦や。ただほしいって言ってるだけでは、金賞は手に入らん。そのためになにをするのか、考えんと」

一晩頭を捻り、二人は二十分休みを練習に充てようとクラスメイトに持ちかけることにした。二十分休みとは、二時間目と三時間目のあいだに設けられた通常より長い休み時間のことで、待ってましたとばかりに校庭に飛び出していくクラスメイトも多い。真澄たちの提案に、えーっ、と一部の男子からはたちまち不満の声が上がった。

「なんでうちのクラスだけ二十分休みが潰されんとあかんねん」

「合唱コンクールにそこまで懸けたないわ」

諸手を挙げて受け入れられないことは予想していたが、ここまで強く反発されるとは思っていなかった。教壇の隣に立つ翔は明らかに怯んでいる。真澄は反射的に森野に視線を送ったが、どこか期待に満ちた目で教室を見渡していて、助け船を出してくれそうな雰囲気はない。真澄はトレーナーの胸もとを握り締め、それでも半歩前に踏み出した。

「も、もちろん無理強《じ》いはせえへん。でも、来年にはクラス替えがある。このメンバーで合唱コンクールに出られるのは、今年が最後や。僕はみんなで金賞を獲りたい」

ところどころ言葉を詰まらせながらも、真澄は思いの丈を述べた。苛立ちをたっぷり含んだ声は潮が引くように少しずつ収まり、クラスメイトが友だち同士で目を合わせ始める。

どないする？　と無言の問いかけが聞こえてくるようだ。もう一押し。真澄がもう一度口を開こうとしたとき、

「やろうや。二十分休みが潰れる言うても、どうせあと一週間ちょっとやろ。私も金賞ほしいわ」

笑子が片手をまっすぐに上げて言った。これが決め手になった。

コンクール当日、四年三組は課題曲のほかに、約三十年前のヒット曲を自由曲として披露した。どんなときも自分らしくあるために迷いすら引き受けていくというサビが、体育館に広がっていく。いろんな人の声が混ざり、大きく膨らんでいく合唱を、真澄は好きではない。特に違う音程が重なるサビに差し掛かると、息が苦しくなるほどだ。それでも今年はできるだけ声を張り上げた。

審査の結果、三組は四年生の部の金賞に輝いた。その日の帰りの会では、みんなほんまにすごかった、立派やった、と森野は目と鼻を真っ赤にして喜び、男子の、先生、カニみたいやで、の一言で教室全体が沸いた。

友だちがいると、時間の流れが速い。

空を見上げて吐いた息の白さに、真澄はとっくに冬が来ていたことに気がついた。翔がこの街に越してきて、間もなく二ヶ月が経とうとしている。だが真澄には、ほんの一、二

週間前の出来事に思えてならない。翔や湊と出会う前とは、一日が過ぎるスピードがあまりに違っていた。

「あ、真澄くんや。バイバーイ」

「バイバーイ。また明日なー」

「バ、バイバイ」

クラスメイトの男子二人が軽快に手を振り、昇降口を抜けていく。合唱コンクールが終わってから、男子にも声をかけられるようになった。真澄が彼らを見送ったとき、翔が階段を下りてきた。待たせちゃってごめん、と言いながら出しっぱなしにしていたスニーカーに足を突っ込み、真澄の前で踵を押し込む。つい数分前、翔は宿題のプリントを教室に忘れてきたことに気づき、取りに戻っていたのだった。

「気づいてよかったなあ。あのまま帰ってたら、悲劇やで」

「ほんまやなあ」

二人は顔を見合わせて笑った。近ごろ翔は、冗談交じりに関西弁を使うことが増えた。イントネーションもほぼ完璧だ。最近の宿題の多さを嘆きつつ、真澄は翔と正門に向かう。今日は学校から直接翔の家に行くと、母親に伝えてあった。正門脇の桜は、すっかり葉を散らしていた。

「あっ」

門を出ると同時に、翔が声を上げた。

「どうしたん？　また忘れもの？」

「違う違う。お兄ちゃんの中学校、今日は先生たちの会議があって、いつもより早く終わるんだって。このまま学校まで迎えに行って、門の前でお兄ちゃんを待とうよ。きっとびっくりするよ」

中学校かあ、と真澄はランドセルの肩紐に手をかけ、小さく俯いた。すかさず北風が剝き出しのうなじを擦《さす》る。真澄は首を覆う服が苦手で、襟つきのシャツやタートルネックを着られない。寒さのあまり首をすくめた真澄に、行きたくない感じ？　と翔が尋ねた。

「中学生って、怖い感じがするやろ。湊くんのことは、さすがにもう平気やけど」

「真澄くんって、本当に白野真澄だよね」

「翔くんは、湊くん以外の中学生も大丈夫なん？」

「平気だよ。京都に住んでたときは、お兄ちゃんの友だちによく遊んでもらってたし。だいたい真澄くん一人で行くわけじゃないんだから、怖がらなくていいんじゃない？」

「それもそうやな」

真澄は思い直して頷いた。合唱コンクールの実行委員として結果を残せたことが、ささやかな自信になっていた。真澄たちの通う小学校から湊の中学校までは、歩いて二十分ほど。翔は真澄がこれまで車でしか通ったことのない道をずんずん進んでいく。歩いているときと車に乗っているときとでは、視界の高さも目につくところも全然違うことに真澄は気がついた。縁石のきわから伸びる雑草が、黄土色に枯れ果てているのが見て取れる。

「小学校を卒業したら、真澄くんもこの道を通って中学校に行くのかな」

「……どうやろなあ」

思いがけず声が沈んだ。小学校にはだいぶ慣れたが、中学校に入学すれば、また学校の決まりに、教師に、ほかの小学校からやって来たクラスメイトに、初めはいちいち緊張しなければならない。制服や鞄が指定されていることを考えると、中学校のほうが規則に厳しそうで、そのあたりも憂鬱の種だった。

「翔くんも一緒の中学校に行けたらよかったなあ」

「うーん、六年生の終わりまでこの街にいるっていうのは……難しいと思う」

「……うん」

「まあ、分からないけど。もしかしたら奇跡が起こるかもしれないし」

「……そうやな」

中学校まであと角ひとつ、というところまで来たとき、チャイムが流れてきた。今のが下校の合図かもしれない。翔と共に足を速める。門の前に到着すると、真澄たちは石柱の陰に半身を潜ませて湊を待った。校庭の向こうから、中学生が続々と姿を現し始める。門を通過する中学生は、ランドセルを背負ったままの真澄と翔に誰もが驚きの表情を浮かべた。誰を待ってんの？　と訊いてくる生徒もいた。

昇降口を出てきた湊に、翔がまず気がついた。湊が一ヶ月前から着用するようになった、青いネックウォーマーが目立っている。湊は友だちと一緒ではなく、一人だった。真澄と翔は彼が門に差し掛かるタイミングで飛び出し、驚かせるつもりだったが、相手を取り違えるわけにはいかない。対象の現在地をこまめに確認するうちに、湊と視線がぶつかった。

「やばい」

翔が両手で口を押さえた。

「なにやってんの」

湊は呆れた顔で近づいてきた。

「言っとくけど、二人とも丸見えだから」

「だってお兄ちゃんが、今日は小学校と同じくらいに授業が終わるって言うから」

「それで僕たち、迎えに来てん」

「家で待ってりゃよかったのに」

湊がため息交じりに呟く。後ろを通りかかった男子中学生が、黒岩くんの弟かな、と友だちに話しかける声がした。相手は、そうなんちゃう、と、どうでもよさそうに応えている。湊が振り返ると、二人は気まずそうに顔を逸らした。そういえば、さっきから誰も湊に喋りかけようとしない。バイバイと手を振る生徒もいない。真澄はふと、湊はまだこの学校に馴染んでいないのではないかと思った。

「まあ、帰るか」

「うん、帰ろう」

三人並んで歩き出す。そのとき、曲がり角から二人の若い男が飛び出してきた。どちらも分厚いパーカにジーンズという出で立ちで、足首まで高さのあるスニーカーを履いている。手前の彼は前髪が斜めに切り揃えられていて、後ろの彼は、顔の前にスマートフォンを構えていた。

「すみません、ミナヘイさんですよね？」

斜め髪のほうが尋ねた。言葉遣いは丁寧だが、声に棘がある。えっ、と湊は顔を引き攣らせ、足を止めた。

「俺、タカスィですけど」

斜め髪が名乗ると同時に、周囲の中学生が、あの人、タカスィちゃう？　と騒ぎ始めた。タカスィ。真澄にも聞き覚えのある名前だ。だが、誰だったか思い出せない。悪意を隠そうともしない彼らに、真澄の身は竦《すく》んでいた。

「ミナヘイさん、俺のつぶやきにアンチコメントばっかりつけてくるじゃないですかあ？　そんなに俺に文句があるなら、直接言ってもらったほうがお互いのためなんじゃないかと思って。それで今日は、兵庫から会いに来たんですよお」

馬鹿な動画ばかりアップしていると翔が言っていた、あの高校生か。真澄はようやくタカスィの正体を思い出す。しかし、どうしてミナヘイが湊だと分かったのだろう。真澄は湊の顔を見上げた。肌は青ざめ、唇の端がひくついている。人違いです、と湊は小声で返したが、嘘はあかんやろ、とタカスィはまともに取り合おうともしなかった。

「そのネックウォーマーの写真、ちょっと前にSNSにアップしていましたよね。ミナヘイさん、無防備に個人情報を垂れ流しすぎなんですよお。正直、この街に住んでいることまでは速攻で特定できました。あ、今は、本名も分かりますよ。二年一組の黒岩湊――」

「二人とも、走れっ」

言うが早いか湊は真澄と翔の腕を摑み、猛スピードで駆け出した。当然、真澄も死に物狂いで足を動かす。おい、待てや、と背後から怒号が上がったが、そう言われて待つ人間はいない。捕まったら殺される。そんな感覚が身体を支配していた。背中でランドセルが鳴っている。タカスィたちのスニーカーがアスファルトを蹴る音が、四方八方から聞こえてくるみたいだ。湊に連れられるまま細い道を抜け、何度も何度も角を折れた。男たちの気配が遠ざかっていく。

湊が切れ切れに叫んだ。

「このまま、とりあえず、うちにっ」

黒岩家に向かう途中、真澄は生まれて初めて信号を無視した。横断歩道の黒っぽいところも踏んだ。無我夢中で道路を渡りきり、さらに走ってマンションのエントランスに飛び込む。二枚の自動ドアを通過したのち、三人はついに廊下にへたり込んだ。

「はあっ……はあっ」

真澄だけでなく、翔と湊も荒い息を吐いていた。全身の筋肉が悲鳴を上げている。小学校を出る前には冬を感じていたのに、今は身体が熱い。手をついている壁の冷たさが心地よかった。

「お兄ちゃん、タカスィたち……まさかうちまで来ないよね？」

翔が顔を上げ、泣きそうな声で尋ねた。湊は壁に腰を当てて座り、三角に立てた脚のあいだに顔を埋めている。返事はない。呼吸を整えているかと思いきや、鼻水を啜《すす》り上げるような音と共に、やがて肩が震え始めた。真澄は翔と目を合わせる。だが、湊にかけるべき言葉は見つからない。

「どうしよう……俺……ごめんなさい」

湊はささやくように謝罪の言葉を繰り返す。真夜中、締まりの甘かった蛇口から落ちる水滴のようなその声は、自宅に帰ったあとも真澄の耳の中でこだまし続けた。

動画共有サイトに、〈アンチに突撃してみた〉というタイトルで映像がアップロードされたのは、それから三日後のことだった。タカスィの後ろでスマートフォンを構えていた彼は、単なる付き添いではなく、撮影スタッフを兼ねていたらしい。映像は公開から一週間で、再生回数十万回を突破。画面にはほぼモザイク処理が施され、タカスィが発したミナヘイや黒岩湊という言葉はピーッという電子音で消されていたが、それでもあれはおまえだろうと、ミナヘイのアカウントは荒れに荒れた。また、中学生を相手にさすがにやりすぎだとタカスィを窘《たしな》める者、ああいう奴は一度痛い目を見たほうがいいとミナヘイをこき下ろす者、どちらも馬鹿だと笑う者のあいだで議論が始まり、騒動はしばらく収まる気配がないという。

「だから引っ越すことにしたって、お父さんが」

放課後の体育館裏で、真澄は翔の話に相槌を打っている。校庭からは陸上部とサッカー部の声が、校舎からは吹奏楽部の演奏と合唱部の歌声が聞こえてくるものの、周囲に人気はない。内緒の話があると翔に言われて、真っ先に思いついたのが、ここだった。

「このままだとそのうち家を特定する奴が出てきて、もっと大変なことになるかもしれない。だから転勤させてほしいって、お父さんが会社の人に頼んだみたい」

翔から聞いた湊の状況は、インターネットに疎い真澄にはほとんど理解できなかったが、暗い翔の瞳を前にすると、深く追及することは憚《はばか》られた。とにかくあのタカスィ騒動は、真澄が想像していた以上に大きな問題に発展しているようだ。湊は親にスマートフォンを没収されて、身の安全のために学校も休んでいるらしい。

「引っ越しのことはまだ誰にも言っちゃいけないって、お父さんから言われてるんだけど……。俺、真澄くんにはなるべく早く伝えたかったから」

「次、どこに引っ越すのか、もう分かってるん？」

「たぶん、仙台」

「仙台？　宮城の？」

「うん。冬休み中に引っ越したいってお母さんが言ってたから、この学校にいられるのは、二学期の終業式までになると思う」

「あと二週間ないやん」

口にした途端、翔がこの学校からいなくなるという実感が押し寄せてきた。漠然と考えていたよりもかなり早い。真澄の視界が暗くなる。無理や、と真澄は声には出さずに叫んだ。これほど急激な変化に、自分が耐えられるはずがない。不安が心臓に流れ込み、心拍を乱すかのようだ。しがみつくように自分のジャンパーを摑んだ。

「真澄くん、ごめんね。小学校を一緒に卒業するどころじゃなかった」

翔が深く俯く。その姿があのときの湊と重なった。膝を抱えて、ごめんなさいと繰り返していた湊。これから大変なのは、二人のほうだ。湊がしたことがどれほどの制裁に値する罪なのか、共に楽しんでいた翔も本当に悪いのか、真澄には分からない。分からないからこそ、流行りに流されるように責めることはしたくない。真澄が道を覚えたあとも、帰りは必ず小学校まで送ってくれていた湊と、生まれて初めてできた友だち、翔。自分が実際に感じていることを、どうして無視できるだろう。真澄は誰よりも、それを大切にして生きてきたのだ。

「手紙、書くからな」

真澄は声に力を込めた。涙の気配を遠ざけようと、足もとをスニーカーの先でつつく。土の匂いが立ち上り、地面に転がっていた石が小さく跳ねた。

「そう言ってくれるのは嬉しいけど……」

「けど？」

「でも、結局みんな書いてくれないから、手紙」

感情を抑制しているかのような喋り方だった。十年間の人生で、七回の引っ越し。その中で翔が味わってきたと思われる寂しさが、怒濤の勢いで自分に押し寄せてくるのを感じる。彼を助けたい。真澄は翔の手を取った。

「僕は書くで」

叫ぶように言うと、翔は目を丸くして顔を上げた。

「なにがあっても、僕は翔くんに手紙を出す。なんで信じてくれへんの？　僕ら、白黒コンビやん。合唱コンクールで一緒に金賞も獲ったやないか。あのとき、僕はめちゃくちゃ嬉しかった。誰かと味わう嬉しいは心が疲れへんのやなって思った。それに、僕の名前は白野真澄やで。心がきれいなんやから、この約束も守れる。絶対に守れんねん」

濁っていた翔の目に、ゆっくりと光が差した。うん、そうやな、ほんまにそうや、と翔は関西弁で何度も応える。繋いだ手に一度だけ力が入るのを真澄は感じた。直後、どちらからともなく手を離し、二人は頷き合った。

「俺、ずっと真澄くんに謝りたかったことがある」

「なんやろ」

「転校してきた日に、俺が真澄くんを家に誘った理由。あれ、真澄くんに意地悪したかったからなんだ。真澄くんは初めて会った子の家に遊びに行くのなんて嫌だろうし、お兄ちゃんのことも怖がるだろうなと思って」

「そら大当たりやわ」

真澄は笑った。なぜ自分は黒岩家に招待されたのか、今更のように疑問が解けたことがおかしかった。

「だって、真澄くんの自分新聞を読んだら、お母さんと一緒にハルフクで働くことが将来の夢だって書いてあるんだもん。ほかの子はみんな、ゲームクリエーターとかパイロットとか、そういうことを書いてるのにさ。真澄くんは死ぬまでこの街で暮らすつもりなんだって、最初はそこにびっくりして、それから段々羨ましくなってきて」

「うん」

「だから、意地悪しちゃった。ごめんね」

「そんなん気にすることちゃうで。翔くんと仲良くなれたんやから、理由なんかどうでもええわ」

真澄が言うと、ほんまやな、と翔も目を細めた。もっとずっと喋っていたいが、あまり遅くなると双方の親が心配するだろう。名残惜しい気持ちで体育館裏から離れる。ウサギ小屋の前が、正門と南門の分かれ道だ。のろのろ進んでいると、ランニング中のサッカー部員が前を横切っていった。子犬のようにじゃれ合いながら走る同級生や先輩たちを、真澄は初めて羨ましいと思った。

「じゃあ、また明日。学校で」

ぱっと駆け出した黒いランドセルに、翔くん、と真澄は呼びかける。振り向いた翔の顔は、沈み始めた太陽に赤っぽく照らされていた。

「どうしたの?」

「自分新聞に書いたとおり、僕は死ぬまでこの街におるつもりや。怖がりやから、よその街にはよう行かれへん。翔くんがこの先、どこで暮らすことになっても、僕がおる場所は一緒やで。翔くんの名前には、世界に羽ばたくっていう意味があるんやろ? だったらこの街にいつでも飛んできたらええねん」

翔が神妙な面持ちで顎を引く。それを確かめてから、バイバイ、また明日な、と真澄は走り出した。南門を抜けて右に曲がる。その先は、いつもの横断歩道だ。真澄は白線に向かって脚を伸ばした。自分が白以外のところを踏んでも平気なことは、もう分かっている。しかし、今は元気がほしい。翔が引っ越すまでのあと二週間を、できるかぎり素敵なものにしたい。

スニーカーの底が白に触れる。真澄は小さな光が身体の内側で弾けたような気がした。

解説

大矢博子

子どもが少しずつ言葉を覚え始めると、目に入ったものを指差しては「これなあに?」「あれなあに?」と知りたがる、いわゆる「なになに期」という時期に入る。

無意識のうちにものには名前があるということを認知し、外の世界に興味が広がってきたことを示しているわけだが……いやこれ、冷静に考えたらすごくない? すべてのものに名前がある、まずその名前を知ることで対象を理解しようとする、というプロセスを二歳かそこらの幼児が本能で知っているなんて。

ヘレン・ケラーの「ウォーター」の例を出すまでもなく、名前はそれが何であるかを知る第一歩だ。新たな人間関係の中に入ったとき、自己紹介としてまず名乗り合うのも、それが互いを知る最初の入り口だからだろう。

名前はそれを規定する。夥《おびただ》しい星の帯に天の川という名前がつけば、そこには夜空を流れる川が浮かび上がり、その両岸にあるふたつの星に織姫・彦星と名前がついたことで恋人たちの物語が動き出す。

だが面白いのは対象と名前は必ずしも一対一の関係ではないという点である。織姫星には他に職女星《しょくじょせい》、ベガ、こと座α星などといった呼び名がある。アイヌ語ではマラフトノカと呼び、熊の頭の星という意味なのだそうだ。それぞれの名前にそれぞれの物語があるのだろう。であるならば、名前によって規定されるものとは何なのか？

逆の場合もある。別のものに同じ名前がつけられるケースだ。その最たる例が、同姓同名である。過去に何度か地方選挙や国政選挙で同姓同名の立候補者が同じ選挙区に名を連ねた例がある。同じ名前だからどちらに投票しても同じ――わけがない。元サッカー日本代表の本田《ほんだ》圭佑《けいすけ》氏と現役プロ野球選手の本田圭佑氏を、同じ名前だからと入れ替えていい――わけがない（見てみたいけど）。名前はそれを規定するはずなのに、同じ名前でも別物なのだ。であるならば、名前とは何なのか。

そこで、白野真澄である。

本書『白野真澄はしょうがない』は五編からなる短編集で、そのすべての主人公の名前は白野真澄だ。すべて年代も住んでいる場所も環境も異なる、縁もゆかりもない同姓同名の別人である。物語もそれぞれ独立しており、恋愛を描いたものあり、家族の話ありと、相互の関係は（ほぼ）ない。

だが続けて読むと、浮かび上がってくるものがある。主人公の名前以外にも、この短編集にはさまざまな「名前」が出てくるのである。

一編ずつ見ていこう。

第一話「名前をつけてやる」の白野真澄は福岡在住の三十一歳。助産師として病院に勤務している。仕事で妊婦や出産直後の新米お母さんにあれこれ指導をするものの、真澄自身にはまだ男性経験すらない。

そんな真澄が恋をした。オンラインのゲームで知り合った男性だ。実際に会ったことはないし、ヨシというネット上の名前しか知らない。それでもいつか会いたいと思っていたが、急に連絡がとれなくなり……。

ただ呼びかけるだけならヨシくんで何の不便もなかった。けれど本名を知らないということに気づいたとき、真澄の中で何かが変わる。そして生まれた我が子に名前をつけた母親が、「赤ちゃんじゃなくて、すみちゃんって呼べるようになった」のが嬉しいと言うのを聞いて、真澄は自分の恋心に名前をつけるのだ。

これは名前によって規定する物語である。名前を与えることでそれが何なのかを明確にする。「赤ちゃん」ではなく「すみちゃん」と呼びかけることで、その存在は唯一無二のものになる。それは自分がその対象をどう捉えているかという自己分析の問題でもある。恋愛感情に初恋とか純愛とか横恋慕《よこれんぼ》とか浮気などと名前をつけることで、その存在が自分にとって何だったのかが明確になり、その先へ進めるのだ。

第二話「両性花の咲くところ」の白野真澄は千葉在住の二十五歳。書店でアルバイトをしながらイラストレーターとしても仕事をしている。両親、妹と四人で暮らしているが、家族は互いにお父さんとかお兄ちゃんとかではなく、名前や渾名《あだな》で呼び合っている。

また本編にはペンネームを使うイラストレーターたちも登場する。第一話で「出生届が受理されたら最後、人は名前を捨てられない」という一節があるが、それがこの話で効いてくる。彼らはペンネームや渾名によって、別の、もしくは本来の自分を追求しているのだ。第一話の名前が「規定するもの」であるのに対し、本編での名前は「その規定を脱するもの」として描かれていることに注目。それは、なりたい自分を自分で選ぶという行為に他ならない。本書の白眉《はくび》たる一編だ。

第三話「ラストシューズ」の白野真澄は東京に住む五十六歳。娘は結婚して独立し、夫と二人暮らし。

真澄は夫と離婚したいと密かに準備中だが、自分より早く、実家の母が父と別れたと聞いて驚く。真澄は夫と似ている父親のことも好きではないのだ。自分が離婚したら、母のいない実家の、あの父の姓に戻ることになる。それも嫌だ。

本編での名前は「属性」を表す。白野真澄でいると、夫の帝国であるこの家に、ひいては夫に属しているという意識が拭えない。そんな真澄が自分の属しているところをどう考え、どんな決意をするのかが読みどころ。属しているところが嫌ならそこを出る＝名前を捨てるという方法を真澄は考えるが、他にも選択肢があるということを本編は示唆《しさ》している。ラストは実に痛快だ。

第四話「砂に、足跡」の白野真澄は愛知県に住む大学生。居酒屋でバイトをしている。中学卒業時から四年半付き合っている彼氏がいるが、現在、偽名でお金持ちの御曹司《おんぞうし》と浮気中。

偽名というのもさることながら、本書で印象的なのは、勝手に幸来《さら》という名前をつけて世話をしていた野良猫が、いつのまにか誰かの飼い猫になっていて、まったく違う名前がつけられていたというくだりだ。そこで真澄が感じた「この子はもう餌や温かい寝床を求めてさまよわなくていいのだと思うと、ほっとする反面、幸来を横取りされたような気がした」という思いが象徴的である。第一話の赤ちゃんの例のように、名前をつける行為を愛情の発露とするならば、自分が向けた愛情は猫にとって不要のものだったとつきつけられたに等しい。では御曹司に対して偽名を使っていた自分は何なのか？

真澄が働いている居酒屋で、ウェイティングシートにふざけた偽名を書いて遊ぶ客のエピソードが出てくるが、気軽な偽名から愛情の発露としての名付けまで、名前の何たるかを考えさせてくれる一編である。

第五話「白野真澄はしょうがない」の白野真澄は大阪在住、小学四年生だ。突発的な出来事に弱く、いろいろなことに過敏で、人付き合いがなかなか難しい。

そんな真澄が、ひょんなことから転校生の翔《かける》と仲良くなる。翔の兄の湊《みなと》はＳＮＳで炎上狙いの発言を繰り返しては喜んでいた。当然本名は使っていなかったが、特定されてしまい大騒ぎになる。

真澄と翔の関係が物語の核だが、今の私たちに身近な、アカウント名という名前を巡る事件が目を引く。本名を隠し、都合が悪くなればすぐに消せるアカウント名は何も規定しない名前に見えるが、それも確実にその人自身なのである。


いかに多様な「名前」についての物語が収められているか、ご理解いただけたと思う。

本書には、親の思いを託されて名付けられた真澄もいれば、有名人にあやかって名付けられた真澄もいる。名は体《たい》を表すと納得している真澄もいるし、呪《のろ》いのように感じている真澄もいる。自分の名前が好きな真澄もいれば、嫌いな真澄もいる。すみちゃんと呼ばれる真澄も、まっすーと呼ばれる真澄もいる。

名前はその人を規定するが、その人生を規定するものではない。名前は同じでもその人はひとりだけだし、その人生もひとつだけ。その人生を選べるのもひとりだけなのだ。

私は冒頭で「名前によって規定されるものとは何なのか」「名前とは何なのか」と書いた。確かに名前は、自分と他者を区別し、その人がその人であることを識別する大切な記号である。だが、自分が「どんな白野真澄になるか」は自分で選択し、規定できるのだ。ここに登場する五人の白野真澄は、名前によって規定された自分を、人生の中で何度も規定し直す。名前とは何なのかという問いは、畢竟《ひっきょう》、自分とは何なのかに通じるのである。

織姫でもベガでもこと座α星でも、星はひとつだ。何と呼ばれても、その星がその星であることに変わりはない。白野真澄たちは、白野さんと呼ばれることもあるし渾名で呼ばれることも、真澄くんと呼ばれることもある。名前ではなく「店員さん」とか「先生」とか「お母さん」と呼ばれることもある。だがどんな呼び方をされようと、その人がその人であることに変わりはない。ネットで本名を隠して逃げ回っても、偽名で複数の異性と付き合っても、それがその人であることに変わりはない。

これは規定と選択の物語だ。

名前は規定するものである。だがどのように規定するかは本人の選択次第なのだと、本書は告げているのである。

奥田亜希子は二〇一三年にすばる文学賞を受賞した『左目に映る星』（集英社→集英社文庫、応募時のタイトルは『アナザープラネット』）でデビュー。小学五年生の時に出会った少年を忘れられないまま成長し、恋愛感情なしに体の関係を結ぶようになった主人公を描いた。以降、透明人間になって好きな人の家に入り込むという妄想に耽溺《たんでき》する『透明人間は

204号室の夢を見る』（集英社→集英社文庫）、性に翻弄《ほんろう》される思春期を描いた『青春のジョーカー』（同）、夫婦の究極の愛を追求した『求めよ、さらば』（KADOKAWA）などなど、こじらせた恋愛やさまざまな家族の形を描き、着実に読者を増やしてきた。

本書はそんな著者の粋が詰まった一冊と言っていい。名前が共通テーマではあるが、各編に恋愛や家族の物語が描かれており、単独の短編としても読み応えのあるものばかり揃っている。

東京創元社の読者にはミステリ好きが多く、もしかしたら奥田作品は初めてという人もいるかもしれないが、ご本人は「海外ミステリーばかり読んでいた時期がある」（双葉社「COLORFUL」のインタビューより）とのこと。『夏鳥たちのとまり木』（双葉社）というミステリテイストの作品もあるし、本書の第二話を読めばミステリ的趣向の使い方が上手いのもおわかりいただけたはずだ。

これを機にぜひ、奥田亜希子という「名前」を覚えていただきたい。

本書は二〇二〇年、小社より刊行された作品の文庫化です。

著者紹介　1983年愛知県生まれ。愛知大学卒。2013年『左目に映る星』で第37回すばる文学賞を受賞してデビュー。他の著書に『ファミリー・レス』『青春のジョーカー』『クレイジー・フォー・ラビット』『求めよ、さらば』『夏鳥たちのとまり木』などがある。

検印
廃止

白野真澄はしょうがない

2022年11月18日　初版

著者　奥《おく》田《だ》亜《あ》希《き》子《こ》

発行所　(株)東京創元社
代表者　渋谷健太郎

162-0814/東京都新宿区新小川町1-5
電話　03・3268・8231-営業部
03・3268・8204-編集部
URL　http://www.tsogen.co.jp
DTP　キャップス
暁印刷・本間製本

ISBN978-4-488-80307-0　C0193

東京創元社が贈る総合文芸誌！

紙魚の手帖

SHIMINO TECHO

国内外のミステリ、SF、ファンタジイ、ホラー、一般文芸と、
オールジャンルの注目作を随時掲載！
その他、書評やコラムなど充実した内容でお届けいたします。
詳細は東京創元社ホームページ
（http://www.tsogen.co.jp/）をご覧ください。

隔月刊／偶数月12日頃刊行

A5判並製（書籍扱い）